Wilhelm Hauff · MÄRCHEN

WILHELM HAUFF

MÄRCHEN

MIT VIELEN BILDERN
VON
JANUSZ GRABIANSKI

VERLAG CARL UEBERREUTER
WIEN - HEIDELBERG

ISBN 3 8000 1019 4
J 623
Für die Jugend ausgewählt und bearbeitet
von Dr. Ilona Paar

Papier und Gesamtherstellung: Salzer - Ueberreuter, Wien
Printed in Austria

INHALT

Die Geschichte vom Kalif Storch

1

Kalif Chasid zu Bagdad saß einmal an einem schönen Nachmittag behaglich auf seinem Sofa; er hatte ein wenig geschlafen, denn es war ein heißer Tag, und er sah nun nach seinem Schläfchen recht heiter aus. Er rauchte aus einer langen Pfeife von Rosenholz, trank hie und da ein wenig Kaffee, den ihm ein Sklave einschenkte, und strich sich das eine ums andere Mal vergnügt den Bart, wenn es ihm geschmeckt hatte. Kurz, man sah es dem Kalifen an, daß er sich recht wohl fühlte. Um diese Stunde konnte man gut mit ihm reden, weil er da immer recht mild und leutselig war. Deswegen besuchte ihn auch sein Großwesir Mansor alle Tage um diese Zeit.

Er kam nun auch an diesem Nachmittag, sah aber ganz gegen seine Gewohnheit sehr nachdenklich aus. Der Kalif nahm kurz die Pfeife aus dem Mund und sprach: »Warum machst du ein so nachdenkliches Gesicht, Großwesir?«

Der Großwesir schlug seine Arme kreuzweise über die Brust, verneigte sich vor seinem Herrn und antwortete: »Herr, ob ich ein nachdenkliches Gesicht mache, weiß ich nicht; aber da drunten am Schloß steht ein Krämer, der hat so schöne Sachen, daß es mich ärgert, nicht viel überflüssiges Geld zu haben.«

Der Kalif, der seinem Großwesir schon lange gern eine Freude gemacht hätte, schickte seinen schwarzen Sklaven hinunter, um den Krämer heraufzuholen. Bald kam der Sklave mit dem Krämer zurück. Dieser war ein kleiner, dicker Mann, schwarzbraun im Gesicht und in zerlumptem Anzug. Er trug einen Kasten, in dem er seine Waren hatte, Perlen und Ringe, reichbeschlagene Pistolen, Becher und Kämme. Der Kalif und sein Wesir musterten alles, und der Kalif kaufte endlich für sich und Mansor schöne Pistolen, für die Frau des Wesirs aber einen Kamm. Als der Krämer seinen Kasten schon wieder zumachen wollte, sah der Kalif eine kleine Schublade und fragte, ob da drinnen auch noch Waren seien. Der Krämer zog die Schublade heraus und zeigte eine Dose mit schwärzlichem Pulver und ein Blatt, das mit einer sonderbaren Schrift vollgeschrieben war, die weder der Kalif noch Mansor lesen konnten. »Ich bekam einmal diese zwei Stücke von einem Kaufmann, der sie in Mekka auf der Straße gefunden hatte«, sagte der Krämer. »Ich weiß nicht, was sie enthalten. Euch stehen sie zu einem geringen Preis zur Verfügung, da ich doch nichts damit anfangen kann.«

Der Kalif, der in seiner Bibliothek gerne alte Manuskripte hatte, auch wenn er sie nicht lesen konnte, kaufte Schrift und Dose und entließ den Krämer.

Der Kalif war aber neugierig und wollte gerne wissen, was die Schrift enthalte. Er fragte den Wesir, ob er keinen kenne, der sie entziffern könnte. »Gnädigster Herr und Gebieter«, antwortete dieser, »an der großen Moschee wohnt ein Mann, der Selim der Gelehrte heißt und alle Sprachen versteht. Laßt ihn kommen, vielleicht kennt er auch diese geheimnisvollen Zeichen.«

Selim der Gelehrte war bald herbeigeholt. »Selim«, sprach der Kalif zu ihm, »Selim, man sagt, du seist sehr gelehrt. Schau dir einmal diese Schrift an. Kannst du sie lesen? Wenn du es kannst, bekommst du ein neues Festkleid von mir, wenn du es nicht kannst, bekommst du zwölf Backenstreiche und fünfundzwanzig auf die Fußsohlen, weil man dich dann umsonst Selim den Gelehrten nennt.«

Selim verneigte sich und sprach: »Dein Wille geschehe, o Herr!«

Lange betrachtete er die Schrift. Plötzlich aber rief er aus: »Das ist Lateinisch, o Herr, oder ich lass' mich hängen!«

»Sag, was drin steht«, befahl der Kalif, »wenn es Lateinisch ist.«

Selim fing an zu übersetzen: »Mensch, der du dieses findest, preise Allah für seine Gnade! Wer von dem Pulver in dieser Dose schnupft und dazu spricht: ›Mutabor‹, der kann sich in jedes Tier verwandeln und versteht auch die Sprache der Tiere. Will er wieder in seine menschliche Gestalt zurückkehren, so neige er sich dreimal gen Osten und spreche jenes Wort. Aber hüte dich, wenn du verwandelt bist, zu lachen, sonst verschwindet das Zauberwort gänzlich aus deinem Gedächtnis und du bleibst ein Tier.«

Als Selim der Gelehrte das vorgelesen hatte, war der Kalif über alle Maßen vergnügt. Er ließ den Gelehrten schwören, niemandem etwas

von dem Geheimnis zu erzählen, schenkte ihm ein schönes Kleid und entließ ihn.
Zu seinem Großwesir aber sagte er: »Das war ein guter Kauf, Mansor! Ich freue mich, ein Tier werden zu können. Morgen früh kommst du zu mir, wir gehen dann miteinander aufs Feld und schnupfen etwas aus meiner Dose. Dann belauschen wir, was in der Luft und im Wasser, im Wald und auf dem Feld gesprochen wird.«

2

Kaum hatte der Kalif Chasid am anderen Morgen gefrühstückt und sich angekleidet, als schon der Großwesir erschien, um seinen Herrn auf seinem Spaziergang zu begleiten. Der Kalif steckte die Dose mit dem Zauberpulver in den Gürtel, und nachdem er seinem Gefolge befohlen hatte zurückzubleiben, machte er sich mit dem Großwesir allein auf den Weg. Sie gingen zuerst durch die weiten Gärten des Palastes, hielten aber vergebens Ausschau nach etwas Lebendigem, um ihr Kunststück zu probieren. Der Wesir schlug schließlich vor, weiter hinaus an einen Teich zu gehen, wo er schon oft viele Tiere, besonders Störche, gesehen habe, die durch ihre würdevolle Art und durch ihr Geklapper immer wieder seine Aufmerksamkeit erregt hätten. Der Kalif billigte diesen Vorschlag seines Wesirs und ging mit ihm dem Teich zu. Als sie dort angekommen waren, sahen sie einen Storch gemessen auf und ab gehen. Er suchte allem Anschein nach Frösche und klapperte von Zeit zu Zeit vor sich hin. Zugleich sahen sie aber auch weit oben in der Luft einen anderen Storch herunterkommen.
»Ich wette meinen Bart, gnädigster Herr«, sagte der Großwesir, »daß diese zwei Langfüßler ein schönes Gespräch miteinander führen werden. Wie wäre es, wenn wir uns in Störche verwandelten?«
»Ein guter Vorschlag!« antwortete der Kalif. »Aber vorher wollen wir uns noch einmal einprägen, wie man wieder Mensch wird. – Also, dreimal gen Osten geneigt und ›Mutabor‹ gesagt, dann bin

ich wieder Kalif und du Wesir. Aber wir dürfen um Himmels willen ja nicht lachen, sonst sind wir verloren!«

Während der Kalif sprach, sah er den Storch über ihrem Haupt schweben und sich langsam auf der Erde niederlassen. Schnell zog er die Dose aus seinem Gürtel, nahm eine gute Prise, bot sie dem Großwesir an, der gleichfalls schnupfte, und beide riefen gleichzeitig: »Mutabor!«

Da schrumpften ihre Beine ein und wurden dünn und rot. Die schönen gelben Pantoffeln des Kalifen und seines Begleiters wurden unförmige Storchenfüße, die Arme wurden zu Flügeln, der Hals fuhr aus den Achseln und wurde eine Elle lang, der Bart war verschwunden, und ihre Körper waren von weichen weißen Federn bedeckt.

»Ihr habt einen hübschen Schnabel, Herr Großwesir«, sprach nach langem Erstaunen der Kalif. »Beim Bart des Propheten, so etwas habe ich in meinem ganzen Leben noch nicht gesehen.«

»Danke untertänigst«, erwiderte der Großwesir, indem er sich verbeugte. »Aber wenn ich es wagen darf, möchte ich behaupten, Eure Hoheit sehen als Storch beinahe noch schöner aus denn als Kalif. Aber kommt, wenn es Euch gefällig ist, wir wollen unsere Kameraden dort belauschen und erfahren, ob wir wirklich die Storchensprache verstehen.«

Inzwischen war der andere Storch auf der Erde gelandet. Er putzte sich mit seinem Schnabel die Füße, legte seine Federn zurecht und ging auf den ersten Storch zu. Die beiden neuen Störche aber be-

eilten sich, in ihre Nähe zu kommen, und waren zu ihrem Erstaunen Zeugen des folgenden Gesprächs:
»Guten Morgen, Frau Langbein, schon so früh auf der Wiese?«
»Schönen Dank, lieber Klapperschnabel! Ich habe mir nur ein kleines Frühstück geholt. Haben Sie vielleicht Lust auf eine Viertel Eidechse oder auf einen schönen Froschschenkel?«
»Danke sehr! Ich habe heute gar keinen Appetit. Ich komme in einer anderen Angelegenheit auf diese Wiese. Ich soll heute vor den Gästen meines Vaters tanzen, und da möchte ich im verborgenen etwas üben.«
Die junge Störchin schritt mit seltsamen Bewegungen über das Feld. Der Kalif und Mansor sahen ihr verwundert nach. Als sie schließlich in einer malerischen Bewegung innehielt und anmutig mit den Flügeln dazu wedelte, da konnten sich die beiden nicht mehr beherrschen: sie brachen in ein schallendes Gelächter aus, von dem sie sich lange nicht erholten.
Der Kalif faßte sich zuerst wieder: »Das war ein Spaß!« rief er. »So etwas ist nicht mit Gold zu bezahlen. Schade, daß die dummen Tiere durch unser Gelächter verscheucht wurden. Vielleicht hätten sie gar noch zu singen begonnen!«
Plötzlich fiel es dem Großwesir ein, daß ja Lachen während der Verwandlung verboten war. Er teilte seine Befürchtung sofort dem Kalifen mit.
»Potz Mekka und Medina! Das wäre ein schlechter Spaß, wenn ich jetzt ein Storch bleiben müßte! Besinne dich doch auf das dumme Wort! Ich bringe es nicht mehr zustande!«
»Wir müssen uns dreimal gegen Osten verbeugen und dazu sprechen: ›Mu – Mu – Mu –‹«
Sie stellten sich gegen Osten auf und bückten sich in einem fort, so tief, daß ihre Schnäbel fast die Erde berührten. Aber, o Jammer! Das Zauberwort war ihnen entfallen, und sooft sich auch der Kalif verbeugte, so flehentlich sein Wesir »Mu – Mu –« dazu rief, jede Erinnerung an das Wort war ausgelöscht, und der arme Kalif und sein Wesir waren und blieben Störche.

3

Traurig wandelten die Verzauberten durch die Felder. Sie wußten nicht, was sie in ihrem Elend anfangen sollten. Aus ihrer Storchenhaut konnten sie nicht heraus, in die Stadt zurück konnten sie auch nicht, um sich zu erkennen zu geben. Wer hätte einem Storch geglaubt, daß er der Kalif sei? Und wenn man es auch geglaubt hätte, würden sich die Einwohner von Bagdad von einem Storch regieren lassen?

So schlichen sie mehrere Tage umher und ernährten sich kümmerlich von Feldfrüchten, die sie aber wegen ihrer langen Schnäbel nur schwer verspeisen konnten. Auf Eidechsen und Frösche hatten sie keinen Appetit. Sie fürchteten, sich mit diesen Leckerbissen den Magen zu verderben. Ihr einziges Vergnügen in dieser traurigen Lage war, daß sie fliegen konnten. Und so flogen sie oft auf die Dächer von Bagdad, um zu sehen, was da vor sich ging.

In den ersten Tagen bemerkten sie eine große Unruhe und Trauer

in den Straßen. Aber als sie ungefähr am vierten Tag nach ihrer Verzauberung auf dem Palast des Kalifen saßen, sahen sie unten auf der Straße einen prächtigen Umzug. Trommeln und Pfeifen ertönten, und ein Mann in einem goldgestickten scharlachroten Mantel ritt auf einem geschmückten Pferd einher, umgeben von glänzenden Dienern. Die Einwohner von Bagdad liefen hinter ihm her und schrien: »Heil Mirza, dem Herrscher von Bagdad!«

Da sahen die beiden Störche auf dem Dach des Palastes einander an, und Kalif Chasid sprach: »Ahnst du jetzt, warum ich verzaubert bin, Großwesir? Dieser Mirza ist der Sohn meines Todfeindes, des mächtigen Zauberers Kaschnur, der mir in einer bösen Stunde Rache geschworen hat. Aber noch gebe ich die Hoffnung nicht auf. Komm mit mir, du treuer Gefährte meines Elends, wir wollen zum Grabe des Propheten wandern. Vielleicht wird an dieser heiligen Stätte der Zauber gelöst.«

Sie erhoben sich vom Dach des Palastes und flogen in Richtung Medina.

Mit dem Fliegen auf dieser langen Strecke wollte es aber gar nicht gut gehen, denn die beiden Störche hatten noch recht wenig Übung. »O Herr«, ächzte nach ein paar Stunden der Großwesir, »ich halte es, mit Eurer Erlaubnis, nicht mehr lange aus. Ihr fliegt zu schnell! Es wird auch schon Abend. Vielleicht sollten wir uns eine Unterkunft für die Nacht suchen.«

Chasid war einverstanden, und da er unten im Tal eine Ruine erblickte, die ihnen ein passendes Obdach zu sein schien, flogen sie dahin. Der Ort, wo sie sich für diese Nacht niedergelassen hatten, schien ehemals ein Schloß gewesen zu sein. Schöne Säulen ragten aus den Trümmern empor, mehrere Gemächer, die noch gut erhalten waren, zeugten von der früheren Pracht des Hauses. Chasid und sein Begleiter gingen durch die Gänge, um sich ein trockenes Plätzchen zu suchen. Plötzlich blieb der Storch Mansor stehen. »Herr und Gebieter«, flüsterte er leise, »ich weiß, es ist töricht für einen Großwesir und noch törichter für einen Storch, sich vor Gespenstern zu fürchten. Aber mir ist ganz unheimlich zumute, denn hier gerade neben mir hat es vorhin ganz vernehmlich geseufzt und gestöhnt.«

Der Kalif blieb nun auch stehen und hörte deutlich ein leises Weinen, das eher von einem Menschen als von einem Tier zu kommen schien. Voll Erwartung wollte er die Richtung einschlagen, aus der die Klagetöne kamen, aber der Wesir packte ihn mit dem Schnabel am Flügel und bat ihn flehentlich, sich nicht in neue, unbekannte Gefahren zu stürzen. Doch vergebens! Der Kalif, dem auch unter dem Storchenflügel ein tapferes Herz schlug, riß sich unter dem Verlust einiger Federn los und eilte in einen finsteren Gang hinein. Bald war er an einer Tür angelangt, die nur angelehnt war. Aus dem Raum dahinter war das Weinen und Geseufze deutlich wahrzunehmen. Der Kalif stieß die Tür mit dem Schnabel auf und blieb überrascht auf der Schwelle stehen. In dem verfallenen Gemach, das nur durch ein Gitterfenster spärlich erleuchtet war, sah er eine große Nachteule am Boden sitzen. Dicke Tränen rollten ihr aus den großen, runden Augen, und mit heiserer Stimme ertönten ihre Klagelaute aus dem krummen Schnabel. Als sie den Kalifen und seinen Wesir, der seinem Herrn nachgeschlichen war, erblickte, erhob sie ein lautes Freudengeschrei. Anmutig wischte sie mit den braungefleckten Flügeln die Tränen aus ihren Augen, und zu dem größten Erstaunen der beiden rief sie in gutem menschlichem Arabisch: »Willkommen, ihr Störche! Ich nehme euch als gutes Zeichen für meine Errettung. Durch Störche werde mir ein großes Glück kommen, ist mir einst prophezeit worden!«

Als sich der Kalif von seinem Erstaunen erholt hatte, verbeugte er sich mit seinem langen Hals, brachte seine Füße in eine zierliche Stellung und sprach: »Nachteule! Aus deinen Worten kann ich schließen, daß du eine Leidensgefährtin von uns bist. Aber ach! Deine Hoffnung, daß durch uns deine Rettung erfolgen könnte, ist vergeblich. Du wirst unsere eigene Hilflosigkeit erkennen, wenn du unsere Geschichte gehört hast.«

Die Nachteule bat ihn zu erzählen. Der Kalif begann und berichtete, was wir bereits wissen.

4

Als der Kalif seine Erzählung beendet hatte, dankte ihm die Eule und sagte: »Vernimm nun auch meine Geschichte und höre, wie ich nicht weniger unglücklich bin als du. Mein Vater ist der König von Indien, ich, seine einzige unglückliche Tochter, heiße Lusa. Jener Zauberer Kaschnur, der euch verzauberte, hat auch mich ins Unglück gestürzt. Er kam eines Tages zu meinem Vater und begehrte mich zur Frau seines Sohnes Mirza. Mein Vater aber, der ein hitziger Mann ist, ließ ihn die Treppe hinunterwerfen. Der Elende brachte es zustande, sich unter einer anderen Gestalt wieder in meine Nähe zu schleichen, und als ich eines Tages in meinem Garten nach einer Erfrischung verlangte, brachte er mir, als Sklave verkleidet, einen Trank, der mich in diese abscheuliche Gestalt verwandelte. Ich wurde vor Schrecken ohnmächtig, und er brachte mich hierher. Er rief mir, als ich wieder zu mir gekommen war, mit mächtiger Stimme in die Ohren:

›Da sollst du bleiben, häßlich, selbst von den Tieren verachtet, bis an dein Ende. Außer es findet sich einer, der dich selbst in dieser schrecklichen Gestalt zur Gattin begehrt. So räche ich mich an dir und deinem stolzen Vater!‹

Seitdem sind viele Monate verflossen. Allein und traurig lebe ich als Einsiedlerin in diesem Gemäuer, verabscheut von der Welt, selbst den Tieren ein Greuel. Die schöne Natur ist mir verschlossen, denn ich bin blind am Tag, und nur wenn der Mond sein bleiches Licht über die Welt ausgießt, fällt der alles verhüllende Schleier von meinen Augen.«

Die Eule hatte geendet und wischte sich mit den Flügeln wieder die Tränen aus ihren Augen. Während ihrer Erzählung hatte sie wieder geweint.

Der Kalif war bei dem Bericht der Prinzessin in tiefes Nachdenken versunken. »Wenn mich nicht alles täuscht«, sprach er, »so gibt es zwischen unserem Unglück einen geheimen Zusammenhang. Aber wo finde ich den Schlüssel zu diesem Rätsel?«

Die Eule antwortete ihm: »O Herr! Ich bin ganz deiner Meinung. Es ist mir einst in meiner frühesten Jugend von einer weisen Frau prophezeit worden, daß ein Storch mir großes Glück bringen werde, und ich wüßte vielleicht, wie wir alle gerettet werden könnten.«
Der Kalif war sehr erstaunt und fragte, wie sie das meine.
»Der Zauberer, der uns drei unglücklich gemacht hat«, sagte sie, »kommt alle Monate einmal in diese Ruinen. Nicht weit von diesem Gemach ist ein Saal. Dort pflegt er dann mit seinen Genossen zu tafeln. Ich habe sie schon oft dabei belauscht. Sie erzählen einander von ihren schändlichen Taten. Vielleicht erzählt er dabei auch von dem Zauberwort, das ihr vergessen habt.«
»O teuerste Prinzessin!« rief der Kalif. »Sag uns noch: Wann kommt er wieder, und wo ist der Saal?«
Die Eule schwieg einen Augenblick und sprach dann: »Ihr dürft es mir nicht verübeln, aber ich kann eure Frage nur unter einer Bedingung beantworten.«
»Sprich sie aus! Sprich sie aus!« schrie Chasid. »Befiehl, es ist mir jede recht!«
»Ich möchte auch gerne mit euch frei sein. Dies kann aber nur geschehen, wenn einer von euch mich zur Frau nimmt.«
Die Störche schienen über den Antrag etwas betroffen zu sein, und der Kalif winkte seinem Diener, mit ihm hinauszugehen.
»Großwesir«, sprach der Kalif draußen, »das ist ein unangenehmer Handel, aber Ihr könntet sie schon nehmen.«
»So?« antwortete dieser. »Damit mir meine Frau, wenn ich nach Hause komme, die Augen auskratzt? Auch bin ich ein alter Mann, doch Ihr seid noch jung und unverheiratet und könnt daher eher einer schönen Prinzessin die Hand zum Ehebund reichen.«
»Das ist es eben«, seufzte der Kalif und ließ traurig seine Flügel hängen. »Wer sagt dir denn, daß sie jung und schön ist? Das hieße doch eine Katze im Sack kaufen!«
Sie redeten einander gegenseitig noch lange zu. Als schließlich der Kalif einsehen mußte, daß sein Großwesir lieber ein Storch bleiben würde, als die Eule zu heiraten, entschloß er sich unter diesen Um-

ständen, die Bedingung selbst zu erfüllen. Die Eule war hoch erfreut. Sie sagte ihnen, daß sie zu keiner besseren Zeit hätten kommen können, weil sich die Zauberer wahrscheinlich schon in dieser Nacht versammeln würden.

Sie verließ mit den Störchen das Gemach, um sie in jenen Saal zu führen. Sie gingen durch einen langen, finsteren Gang. Endlich strahlte ihnen aus einem Spalt einer halbverfallenen Mauer ein heller Schein entgegen. Als sie dort angelangt waren, riet ihnen die Eule, sich ganz ruhig zu verhalten. Sie konnten von der Lücke aus, an welcher sie standen, einen großen Saal übersehen. Er war ringsum mit prachtvoll verzierten Säulen eingefaßt. Viele farbige Lampen ersetzten das Tageslicht. In der Mitte des Saales stand ein runder Tisch, mit vielen ausgesuchten Speisen beladen. Rings um den Tisch zog sich ein Sofa, auf dem acht Männer saßen. In einem dieser Männer erkannten die Störche den Krämer wieder, der ihnen das Zauberpulver verkauft hatte. Sein Nachbar forderte ihn gerade auf, ihnen von seinen neuesten Taten zu berichten. Er erzählte unter anderem auch die Geschichte des Kalifen und seines Wesirs.

»Was für ein Wort hast du ihnen denn aufgegeben?« fragte ihn einer der anderen Zauberer.

»Es ist ein ziemlich schweres lateinisches Wort. Es heißt ›Mutabor‹!«

5

Als die Störche an ihrem Mauerspalt das hörten, gerieten sie vor Freude ganz außer sich. Sie liefen auf ihren langen Füßen so schnell dem Tor der Ruine zu, daß die Eule ihnen kaum folgen konnte. Da sprach der Kalif gerührt zur Eule: »Retterin meines Lebens und des Lebens meines Freundes, nimm mich zum ewigen Dank für alles, was du für uns getan hast, zum Gemahl!«

Dann wandte er sich nach Osten. Dreimal beugten die Störche ihre langen Hälse der Sonne entgegen, die soeben hinter dem Gebirge

heraufstieg. »Mutabor!« riefen sie. Im Nu waren sie verwandelt, und lachend und weinend vor Freude über das ihnen neu geschenkte Leben lagen Herr und Diener einander in den Armen. Wer beschreibt aber ihr Erstaunen, als sie sich umsahen? Eine schöne Dame in herrlichem Schmuck stand vor ihnen. Lächelnd gab sie dem Kalifen die Hand. »Erkennt Ihr Eure Nachteule nicht mehr?« sagte sie. Sie war es. Der Kalif war von ihrer Schönheit und Anmut so entzückt, daß er ausrief, es sei sein größtes Glück gewesen, ein Storch geworden zu sein.

Die drei zogen nun miteinander nach Bagdad. Der Kalif fand in seinen Kleidern nicht nur die Dose mit dem Zauberpulver, sondern auch seinen Geldbeutel. Er kaufte daher in dem nächsten Dorf alles, was zu ihrer Reise nötig war. Bald kamen sie an die Stadttore von Bagdad. Dort erregte die Ankunft des Kalifen großes Aufsehen. Man hatte ihn für tot gehalten, und das Volk war erfreut, seinen geliebten Herrscher zurückbekommen zu haben. Um so mehr aber entbrannte sein Haß gegen den Betrüger Mirza. Sie zogen in den Palast und nahmen den alten Zauberer und seinen Sohn gefangen. Den Alten schickte der Kalif in dasselbe Gemach der Ruine, das die Prinzessin als Eule bewohnt hatte, und ließ ihn dort aufhängen. Dem Sohn aber, der nichts von den Künsten des Vaters verstand, ließ der Kalif die Wahl, ob er sterben oder schnupfen wolle. Als er das letztere wählte, reichte ihm der Großwesir die Dose. Eine tüchtige Prise und das Zauberwort des Kalifen verwandelte ihn in einen Storch. Der Kalif ließ ihn in einen eisernen Käfig sperren und diesen in seinem Garten aufstellen.

Lange und vergnügt lebte Kalif Chasid mit seiner Frau, der Prinzessin. Seine vergnügtesten Stunden waren immer die, wenn ihn der Großwesir am Nachmittag besuchte. Da sprachen sie dann oft von ihrem Abenteuer als Störche, und wenn der Kalif ganz besonders guter Laune war, ließ er sich herab, den Großwesir nachzuahmen, wie er als Storch ausgesehen hatte. Er stieg dann würdevoll mit steifen Füßen im Zimmer umher, klapperte, wedelte mit den Armen wie mit Flügeln und zeigte, wie jener sich vergeblich nach Osten geneigt und »Mu – Mu –« dazu gerufen hatte. Für die Kalifin und ihre Kinder war diese Vorstellung jedesmal ein großer Spaß. Wenn aber der Kalif gar zu lange klapperte und nickte und »Mu – Mu –« schrie, dann drohte der Wesir ihm lächelnd, er wolle das, was vor der Tür der Prinzessin Nachteule verhandelt worden sei, der Frau Kalifin mitteilen.

Die Geschichte von dem kleinen Muck

In Nicea wohnte einst ein Mann, den man den kleinen Muck nannte. Er war nur drei oder vier Ellen groß und hatte eine sonderbare Gestalt. Sein kleiner zierlicher Leib mußte einen riesigen Kopf tragen, der viel größer und dicker war als der Kopf anderer Leute. Er wohnte ganz allein in einem großen Haus und kochte sogar für sich. In der Stadt wußte man nie, ob er noch lebe oder schon gestorben sei, denn er ging nur einmal alle vier Wochen aus dem Haus. Nur der Rauch, der in dicken Schwaden aus dem Schornstein um die Mittagsstunde aufstieg, zeugte von dem Leben im Hause. Manchmal sah man ihn abends auf dem flachen Dach auf und ab gehen, und wenn man dieses Bild von der Straße aus sah, hätte man glauben können, ein großer Kopf laufe allein auf dem Dach umher.
Für die Kinder der Stadt, die jedermann gerne neckten und verlachten, war es jedesmal ein Festtag, wenn der kleine Muck ausging. Sie versammelten sich an diesem Tag vor seinem Haus und warteten, bis er herauskam. Wenn dann die Tür aufging und zuerst der große Kopf mit dem noch größeren Turban erschien, wenn dann das übrige

Körperchen nachfolgte, in einen abgeschabten Mantel und weite Beinkleider gehüllt, von einem breiten Gürtel zusammengehalten, an dem ein langer Dolch hing, so lang, daß man nicht feststellen konnte, ob Muck mit dem Dolch oder der Dolch mit Muck ging, wenn er so heraustrat, ertönte aus allen Kinderkehlen ein Freudenschrei. Die Jungen warfen ihre Mützen empor und tanzten wie toll um ihn herum. Der kleine Muck aber grüßte sie mit einem ernsthaften Nicken und ging mit langsamen Schritten die Straße hinunter. Dabei schlurfte er mit den Füßen, denn er hatte große, weite Pantoffeln an. Die Kinder schrien immer wieder: »Kleiner Muck! Kleiner Muck!« und hatten auch ein Verslein über ihn gedichtet:

»Kleiner Muck, kleiner Muck,
wohnst in einem großen Haus,
gehst nur all' vier Wochen aus,
bist ein braver, kleiner Zwerg,
hast ein Köpflein wie ein Berg.
Schau dich einmal um und guck,
lauf und fang uns, kleiner Muck!«

Aber als die Geschichte vom kleinen Muck in der Stadt allmählich bekannt wurde, schämten sich die Kinder wegen ihrer Neckereien.
Der Vater des kleinen Muck, der eigentlich Mukrah hieß, war ein armer, aber angesehener Mann gewesen. Doch hatte er genauso einsiedlerisch wie jetzt sein Sohn gelebt. Diesen hatte er nie gemocht, weil er sich dessen Zwerggestalt wegen schämte. Er hielt den Sohn immer im Haus, weil er auch nicht wollte, daß das Kind sehen könnte, wie andere Kinder seines Alters ausschauten. Der kleine Muck war noch mit sechzehn Jahren ein lustiges Kind, und der Vater, ein ernster Mann, tadelte ihn immer, daß er, der schon längst die Kinderschuhe abgelegt haben sollte, immer noch so dumm und töricht sei.
Eines Tages fiel der Alte unglücklich und starb an den Verletzungen, die er sich bei dem Sturz zugezogen hatte. Er ließ den kleinen Muck arm und unwissend zurück. Die hartherzigen Verwandten, denen

der Verstorbene mehr schuldig gewesen war, als er bezahlen konnte, jagten den armen Kleinen aus dem Haus und rieten ihm, in die Welt hinauszuziehen und sein Glück zu suchen. Der kleine Muck antwortete, er sei schon reisefertig, bat aber noch um den Anzug seines Vaters, und sie gaben ihn ihm. Sein Vater war ein großer, kräftiger Mann gewesen, daher paßten die Kleider nicht. Muck aber wußte sich zu helfen: er schnitt ab, was zu lang war, und zog dann die Kleider an. Er schien aber vergessen zu haben, daß auch die Weite nicht paßte, und bot daher einen seltsamen Anblick. Er ergriff noch den langen Damaszenerdolch seines Vaters, steckte ihn in seinen Gürtel, nahm sein Stöckchen und wanderte zum Tor hinaus.

Fröhlich ging er den ganzen Tag dahin, denn er war ja ausgezogen, um sein Glück zu suchen. Wenn er einen Scherben im Sonnenschein glänzen sah, so steckte er ihn ein, im Glauben, daß er sich in den schönsten Diamanten verwandeln werde. Sah er in der Ferne die Kuppel einer Moschee wie Feuer erstrahlen oder einen See wie einen Spiegel blinken, so eilte er voll Freude darauf zu, denn er dachte, in einem Zauberland angekommen zu sein. Aber ach! Jene Trugbilder verschwanden, je näher er kam, und nur allzubald erinnerte ihn seine Müdigkeit und sein vor Hunger knurrender Magen, daß er sich noch im Land der Sterblichen befand.

So war er zwei Tage schon hungrig und bekümmert gereist, und er begann zu zweifeln, ob er sein Glück finden würde. Feldfrüchte waren seine einzige Nahrung, und die harte Erde war sein Nachtlager.

Am Morgen des dritten Tages erblickte er von einer Anhöhe aus eine große Stadt. Hell leuchtete der Halbmond auf ihren Zinnen, bunte Fahnen flatterten auf den Dächern und schienen den kleinen Muck herbeizuwinken. Überrascht blieb er stehen und betrachtete die Stadt und ihre Umgebung. »Ja, dort wird Klein Muck sein Glück finden«, sprach er zu sich und machte trotz seiner Müdigkeit einen Luftsprung. »Dort oder nirgends!«

Er raffte alle seine Kräfte zusammen und schritt auf die Stadt zu. Aber obwohl sie ganz nahe schien, erreichte er sie doch erst zu Mittag. Seine kleinen Glieder versagten ihm fast den Dienst, und er mußte sich oft in den Schatten einer Palme setzen, um auszuruhen. Endlich war er an dem Stadttor angelangt. Er zupfte sein Mäntlein zurecht und band seinen Turban neu. Der Gürtel wurde enger gezogen und der lange Dolch schief hineingesteckt. Dann wischte er sich den Staub von den Schuhen, ergriff sein Stöcklein und ging mutig durch das Tor.

Er war schon durch einige Straßen gegangen, aber nirgends öffnete sich ihm eine Tür, nirgends rief man, wie er es sich vorgestellt hatte: »Kleiner Muck, komm herein, iß und trink und laß deine Füßlein ausruhen!«

Er blickte gerade wieder sehnsüchtig an einem großen, schönen Haus hinauf, da öffnete sich ein Fenster. Eine alte Frau schaute heraus und rief mit singender Stimme:

»Herbei, herbei!
Gekocht ist der Brei,
den Tisch ließ ich decken,
drum laßt es euch schmecken!
Ihr Nachbarn herbei!
Gekocht ist der Brei!«

Die Tür des Hauses öffnete sich, und Muck sah viele Hunde und Katzen hineingehen. Er zögerte einige Augenblicke, ob auch er der Einladung folgen solle. Schließlich faßte er sich aber ein Herz und ging in das Haus. Vor ihm gingen ein paar junge Kätzlein, und er beschloß, ihnen zu folgen, weil sie wahrscheinlich den Weg zur Küche besser kannten als er.

Als Muck die Treppe hinaufgestiegen war, begegnete er jener alten Frau, die zum Fenster hinausgeschaut hatte. Sie sah ihn mürrisch an und fragte, was er hier wolle.

»Du hast ja jedermann zu deinem Brei eingeladen«, antwortete der kleine Muck, »und weil ich sehr hungrig bin, bin ich auch gekommen.«

Die Alte lachte und sprach: »Woher kommst du denn, du wunderlicher Geselle? Die ganze Stadt weiß, daß ich nur für meine lieben Katzen koche, und hier und da lade ich für sie Gesellschaft aus der Nachbarschaft ein, wie du siehst.«

Der kleine Muck erzählte der Frau, wie schlecht es ihm nach dem Tod seines Vaters ergangen sei, und bat sie, ihn heute mit den Katzen speisen zu lassen. Der Frau gefiel die treuherzige Erzählung des Kleinen. Sie lud ihn ein, ihr Gast zu sein, und gab ihm reichlich zu

essen und zu trinken. Als er gesättigt und gestärkt war, betrachtete ihn die Frau lange und sagte dann: »Kleiner Muck, bleibe bei mir in meinem Dienst! Du hast nicht viel Arbeit, und es soll dir gut gehen.«

Dem kleinen Muck hatte der Katzenbrei gut geschmeckt, so willigte er ein und wurde also der Bediente der Frau Ahavzi. Er hatte einen leichten, aber sonderbaren Dienst. Frau Ahavzi hatte nämlich zwei Kater und vier Katzen. Diesen mußte der kleine Muck jeden Morgen den Pelz kämmen und mit köstlichen Salben einreiben. Wenn die Frau ausging, mußte er auf die Katzen aufpassen. Wenn sie essen wollten, mußte er ihnen die Schüsseln bringen, und nachts mußte er sie auf seidene Polster legen und sie mit Samtdecken zudecken. Es waren auch noch einige kleine Hunde im Haus, die er bedienen mußte. Doch mit ihnen wurden nicht so viele Umstände gemacht wie mit den Katzen, die Frau Ahavzi wie ihre eigenen Kinder hielt.

Im übrigen führte Muck ein so einsames Leben wie im Haus seines Vaters. Außer der Frau sah er den ganzen Tag nur Hunde und Katzen. Eine Zeitlang ging es dem kleinen Muck ganz gut. Er hatte immer zu essen und wenig zu arbeiten, und die alte Frau schien mit ihm zufrieden zu sein.

Aber nach und nach wurden die Katzen unartig. Wenn die Alte ausgegangen war, sprangen sie wie besessen in den Zimmern umher, warfen alles durcheinander und zerbrachen manches Stück von dem schönen Geschirr, das ihnen im Weg stand. Wenn sie aber die Frau die Treppe heraufkommen hörten, verkrochen sie sich auf ihre Polster und wedelten ihr mit den Schwänzen entgegen, als ob nichts geschehen wäre. Frau Ahavzi geriet in Zorn, wenn sie ihr Zimmer so verwüstet sah. Sie schob alle Schuld auf Muck. Auch wenn er immer wieder seine Unschuld beteuerte, sie glaubte ihren so unschuldig dreinschauenden Katzen mehr als ihrem Diener.

Der kleine Muck wurde sehr traurig, weil er auch hier sein Glück nicht gefunden hatte, und so beschloß er, den Dienst bei Frau Ahavzi aufzugeben. Da er aber auf seiner ersten Reise erfahren hatte, wie schlecht man ohne Geld lebte, beschloß er sich den Lohn, den ihm seine Gebieterin immer versprochen, aber nie gegeben hatte, auf irgendeine Art selbst zu verschaffen. Im Haus der Frau Ahavzi war ein Zimmer, das immer verschlossen war und dessen Inneres er nie gesehen hatte. Oft hatte er gehört, wie die Frau darin rumorte, und er hätte oft für sein Leben gern gewußt, was sie dort verborgen hielt. Als er nun an sein Reisegeld dachte, fiel ihm ein, daß dort die Schätze der Frau versteckt sein könnten. Aber die Tür war immer verschlossen, und er konnte an die Schätze nicht herankommen.

Eines Morgens, als Frau Ahavzi ausgegangen war, zupfte ihn einer der kleinen Hunde, der von der Frau immer sehr stiefmütterlich behandelt wurde, dem aber Muck sehr zugetan war, an seiner weiten Hose. Er versuchte Muck zu zeigen, er solle ihm folgen. Der Hund führte ihn in das Schlafzimmer der Frau Ahavzi und vor eine kleine Tür, die Muck nie zuvor bemerkt hatte. Die Tür war halb offen. Der kleine Hund ging hinein, und Muck folgte ihm. Seine Überraschung war groß, als er sah, daß er sich in dem Gemach befand, das schon lange das Ziel seiner Wünsche gewesen war. Er spähte überall umher, ob er irgendwo Geld finden könne, sah aber nichts. Nur alte Kleider und wunderlich geformtes Geschirr lagen umher. Eines dieser Geschirre zog seine Aufmerksamkeit auf sich. Es war aus

Kristall und mit schönen Figuren verziert. Er hob es auf und drehte es nach allen Seiten. Aber, o Schreck! Er hatte nicht bemerkt, daß es einen Deckel hatte, der nur leicht daraufgesetzt war. Der Deckel fiel herunter und zerbrach in tausend Stücke.
Der kleine Muck stand lange wie leblos vor den Scherben. Jetzt war sein Schicksal entschieden, jetzt mußte er fliehen, sonst schlug ihn die Alte tot. Er schaute sich noch einmal um, ob er nichts von den Habseligkeiten der Frau Ahavzi für seine Reise gebrauchen könne. Da fielen ihm ein Paar ziemlich große Pantoffeln ins Auge. Sie waren zwar nicht schön, aber seine eigenen würden keine Reise mehr überstehen. Auch gefiel ihm, daß sie so groß waren. Wenn er die an den Füßen hatte, würden alle Leute sehen, daß er den Kinderschuhen wirklich entwachsen war. Er zog also schnell seine kleinen Pantoffeln aus und schlüpfte in die großen. Ein Spazierstock mit einem schön geschnittenen Löwenkopf schien ihm auch hier fehl am Platz zu sein. Er nahm ihn also mit und eilte zum Zimmer hinaus. Schnell ging er in seine Kammer, zog seinen kleinen Mantel an, setzte den väterlichen

Turban auf, steckte den Dolch in den Gürtel und lief, so schnell ihn seine Füße trugen, zum Haus und zur Stadt hinaus.

Vor der Stadt lief er aus Angst vor der Alten immer weiter, bis er vor Müdigkeit fast nicht mehr konnte. So schnell war er in seinem Leben noch nicht gelaufen, ja es war ihm, als könne er gar nicht aufhören zu rennen, denn eine unsichtbare Gewalt schien ihn fortzureißen. Endlich bemerkte er, daß es mit den Pantoffeln eine eigene Bewandtnis haben müsse. Denn diese waren es, die immer weiter schossen und ihn mit sich trugen. Er versuchte sie zum Stehen zu bringen, aber es wollte nicht gelingen. Da schrie er in der höchsten Not, wie man den Pferden zuruft: »Oh – oh, halt! Oh!« Da hielten die Pantoffeln, und Muck warf sich erschöpft auf die Erde.

Die Pantoffeln freuten ihn ungemein. So hatte er sich doch durch seine Arbeit etwas erworben, das ihn in der Welt auf seinem Weg, das Glück zu suchen, weiterbringen konnte. Er schlief trotz seiner Freude bald vor Erschöpfung ein. Das Körperlein des kleinen Muck, das einen so großen Kopf zu tragen hatte, konnte nicht viel an Anstrengung aushalten. Im Traum erschien ihm der kleine Hund, der ihm im Hause der Frau Ahavzi zu den Pantoffeln verholfen hatte, und sprach zu ihm: »Lieber Muck, du kannst mit den Pantoffeln noch nicht richtig umgehen. Du mußt wissen: wenn du dich in ihnen dreimal auf dem Absatz drehst, so kannst du hinfliegen, wohin du nur willst, und mit dem Spazierstock kannst du Schätze finden, denn wo Gold vergraben ist, da wird er dreimal auf die Erde schlagen, bei Silber zweimal!« So träumte der kleine Muck.

Als er wieder aufwachte, dachte er über den wunderbaren Traum nach und beschloß, sogleich einen Versuch zu machen. Er zog die Pantoffeln an, hob den einen Fuß und begann sich auf dem Absatz zu drehen. Wer jemals versucht hat, in viel zu großen Pantoffeln dieses Kunststück dreimal hintereinander zu machen, der wird sich nicht wundern, daß es dem kleinen Muck nicht gleich glückte, besonders wenn man bedenkt, daß ihn sein schwerer Kopf bald auf diese, bald auf jene Seite hinüberzog.

Der arme Kleine fiel einige Male tüchtig auf die Nase. Aber er ließ sich nicht abschrecken, den Versuch immer aufs neue zu wiederholen, und endlich glückte es. Wie ein Rad fuhr er auf seinem Absatz herum, wünschte sich in die nächste große Stadt, und die Pantoffeln ruderten hinauf in die Lüfte, liefen mit Windeseile über die Wolken, und ehe sich der kleine Muck recht besinnen konnte, befand er sich schon auf einem großen Marktplatz, wo viele Buden aufgeschlagen waren und unzählige Menschen geschäftig hin und her liefen. Er ging unter den Leuten umher, hielt es aber bald für ratsamer, sich in eine einsamere Straße zu begeben, denn auf dem Markt traten ihm die Vorübereilenden immer wieder auf die Pantoffeln, so daß er einmal beinahe hinfiel. Dann wieder stieß er mit seinem langen Dolch gegen irgend jemanden, so daß er nur mit Mühe Schlägen entging. Der kleine Muck begann nun ernstlich nachzudenken, was er wohl anfangen konnte, um Geld zu verdienen. Er besaß zwar einen Stab, der ihm verborgene Schätze anzeigen konnte, aber wo sollte er nur gleich einen Platz finden, an dem Gold oder Silber vergraben war? Er hätte sich auch zur Not für Geld sehen lassen können, aber dazu

war er doch zu stolz. Da fiel ihm ein, daß er ja viel schneller laufen könne als die anderen Leute. Vielleicht, dachte er, kann ich mir durch meine Pantoffeln meinen Unterhalt verdienen. Er beschloß, sich als Schnelläufer zu verdingen. Da er aber hoffte, daß der König dieser Stadt solche Dienste am besten bezahlte, so fragte er nach dem Weg zum Palast. Unter dem Tor des Palastes stand eine Wache, die ihn fragte, was er hier zu suchen habe. Auf seine Antwort, daß er einen Dienst suche, wies man ihm zum Aufseher der Sklaven. Diesem trug er sein Anliegen vor und bat ihn, ihm eine Stelle unter den königlichen Boten zu besorgen. Der Aufseher musterte ihn von Kopf bis Fuß und sprach: »Wie, mit diesen kleinen Füßen, die kaum so lang wie eine Spanne sind, willst du königlicher Schnelläufer werden? Scher dich weg! Ich bin nicht dazu da, mich mit jedem Narren zu unterhalten!«

Der kleine Muck versicherte ihm immer wieder, daß es ihm vollkommen ernst sei mit seinem Antrag und daß er es mit dem Schnellsten auf eine Wette ankommen lassen wolle. Dem Aufseher schien die Sache lächerlich. Aber er befahl Muck, sich bis zum Abend für einen Wettlauf bereit zu halten. Er führte ihn in die Küche und sorgte dafür, daß er reichlich zu essen und zu trinken bekam.

Der Aufseher begab sich anschließend zum König und erzählte ihm vom kleinen Muck und seinem Angebot. Der König war ein lustiger Herr. Es gefiel ihm, daß der Aufseher den kleinen Menschen zu einem Spaß dabehalten hatte. Er befahl, auf einer Wiese hinter dem Schloß Anstalten zu treffen, damit der Wettlauf in aller Bequemlichkeit von seinem ganzen Hofstaat gesehen werden könne. Er gebot dem Aufseher nochmals, den Zwerg nicht entwischen zu lassen.

Der König erzählte seinen Prinzen und Prinzessinnen, was für ein Schauspiel sie an diesem Abend erwarten würde. Diese erzählten es wieder ihren Dienern, und als der Abend hereinbrach, war man in gespannter Erwartung, und alles, was Füße hatte, strömte hinaus auf die Wiese, wo Gerüste errichtet worden waren, auf denen man sich niederließ, um den großsprecherischen Zwerg laufen zu sehen. Als der König und seine Söhne und Töchter Platz genommen hatten,

trat der kleine Muck auf die Wiese und machte vor den hohen Herrschaften eine artige Verbeugung. Ein allgemeines Freudengeschrei ertönte, als man den Kleinen sah. Eine solche Figur war wirklich ungewöhnlich. Der kleine Körper mit dem mächtigen Kopf, der Mantel und die weite Hose, der lange Dolch in dem breiten Gürtel, die kleinen Füße in den großen Pantoffeln – nein! es war zu drollig. Da mußte man einfach lachen. Der kleine Muck ließ sich durch das Gelächter nicht irremachen. Er stellte sich stolz, auf seinen Stock gestützt, auf und erwartete seinen Gegner.

Der Aufseher der Sklaven hatte auf Mucks eigenen Wunsch den besten Läufer ausgesucht. Dieser trat nun heraus, stellte sich neben den Kleinen, und beide warteten auf das Zeichen. Da winkte Prinzessin Amarza, wie es ausgemacht war, mit ihrem Schleier, und wie zwei Pfeile flogen die beiden Wettläufer über die Wiese.

Am Anfang hatte Mucks Gegner einen bedeutenden Vorsprung. Aber Muck jagte ihm auf seinem Pantoffelfuhrwerk nach, holte ihn ein, ging an ihm vorüber und stand längst am Ziel, als jener noch nach Luft schnappend daherlief. Die Zuschauer waren von Verwunderung und Staunen ergriffen worden. Als der König in die Hände klatschte, jauchzte auch die Menge, und alle riefen: »Hoch lebe der kleine Muck, der Sieger im Wettlauf!«

Man hatte indessen den kleinen Muck herbeigebracht. Er warf sich vor dem König nieder und sprach: »Großmächtigster König, ich habe dir hier nur eine kleine Probe meiner Kunst gegeben. Willst du es nun gestatten, daß man mir eine Stelle unter deinen Läufern gibt?«

Der König antwortete: »Nein, du sollst mein Leibläufer und immer um meine Person sein, lieber Muck. Jährlich sollst du hundert Goldstücke als Lohn erhalten, und an der Tafel meiner ersten Diener sollst du speisen.«

So glaubte denn Muck, endlich das Glück gefunden zu haben, das er so lange gesucht hatte. Er fühlte sich froh und voller Hoffnung. Er erfreute sich der besonderen Gnade des Königs. Dieser gebrauchte ihn zur Überbringung seiner dringendsten und geheimsten Sendungen, und sie wurden immer mit großer Gewissenhaftigkeit und einer unglaublichen Schnelligkeit besorgt.

Aber die übrigen Diener des Königs waren Muck gar nicht zugetan, weil sie sich durch einen Zwerg, der weiter nichts konnte als schnell laufen, in der Gunst ihres Herrn zurückgesetzt sahen. Sie brüteten daher manch eine Verschwörung gegen ihn aus, um ihn zu stürzen, aber alle schlugen fehl. Der König brachte seinem Oberleibläufer (denn zu dieser Würde hatte er es in so kurzer Zeit gebracht) unbeschränktes Vertrauen entgegen.

Muck, dem die Abneigung der anderen nicht entging, sann nicht auf Rache, dazu hatte er ein zu gutes Herz. Er dachte darüber nach, wie er sich bei seinen Feinden beliebt machen könnte. Da fiel ihm sein Stab ein, an den er in seinem Glück nicht mehr gedacht hatte. Wenn er Schätze fände, überlegte er, würden ihm die Herren sicher geneigter sein.

Er hatte schon oft gehört, daß der Vater des jetzigen Königs viele seiner Schätze vergraben hatte, als der Feind sein Land überfiel. Man erzählte auch, er sei gestorben, ohne daß er sein Geheimnis seinem Sohn hätte mitteilen können. Von nun an nahm Muck auf seinen Spaziergängen immer seinen Stock mit, in der Hoffnung, einmal auf den Platz zu stoßen, wo das Geld des alten Königs vergraben war. Eines Abends führte ihn der Zufall in einen entlegenen Teil des Schloßgartens. Hier war er noch nie gewesen. Plötzlich fühlte er den Stock in seiner Hand zucken. Es schlug dreimal gegen den Boden. Er wußte, was das zu bedeuten hatte. Er zog seinen Dolch heraus, machte Zeichen in die umstehenden Bäume und schlich sich wieder in das Schloß. Dort verschaffte er sich einen Spaten und wartete die Nacht für sein Unternehmen ab.

Das Schatzgraben selbst machte dem kleinen Muck übrigens mehr zu schaffen, als er geglaubt hatte.

Seine Arme waren sehr schwach, und sein Spaten war groß und schwer. Er mochte schon zwei Stunden gegraben haben, ehe er ein paar Fuß tief gekommen war. Endlich stieß er auf etwas Hartes, das wie Eisen klang. Er grub jetzt eifriger, und bald hatte er einen großen eisernen Deckel zutage gefördert. Er stieg nun in die Grube, um nachzusehen, was unter dem Deckel war. Er fand einen großen Topf, der mit Goldstücken angefüllt war. Aber seine schwachen Kräfte reichten nicht aus, um den Topf zu heben. Daher steckte er in seine Beinkleider und in seinen Gürtel, soviel er zu tragen vermochte, und auch seinen Mantel füllte er mit Goldstücken. Er bedeckte die Stelle wieder sorgfältig und lud sich seine Last auf den Rücken. Wenn er die Pantoffeln nicht an seinen Füßen gehabt hätte, wäre er wohl kaum vom Fleck gekommen, so sehr zog ihn das Gewicht des Goldes nieder. So aber gelang es ihm, unbemerkt in sein Zimmer zu kommen. Dort verwahrte er das Gold unter den Polstern seines Sofas.

Als sich der kleine Muck im Besitz eines so großen Reichtums sah, glaubte er, das Blatt werde sich jetzt wenden, und er werde sich unter seinen Feinden am Hof viele Gönner und Anhänger erwerben. Schon daran kann man Mucks Unerfahrenheit erkennen, daß er wirklich glaubte, durch Gold wahre Freunde gewinnen zu können. Ach, hätte er doch damals seine Pantoffeln geschmiert und sich mit seinem Mantel voll Gold aus dem Staub gemacht!

Das Gold, das der kleine Muck von jetzt ab mit vollen Händen austeilte, erweckte den Neid der übrigen Hofbedienten. Der Küchenmeister Ahuli sagte: »Er ist ein Falschmünzer.« Der Sklavenaufseher Ahmet sagte: »Er hat's dem König abgeschwatzt.« Archaz, der Schatzmeister, aber, sein ärgster Feind, der selbst hier und da einen Griff in des Königs Kasse machte, sagte offen heraus: »Er hat's gestohlen!«

Um nun ihrer Sache gewiß zu sein, heckten sie einen Plan aus. Der Obermundschenk Korchuz stellte sich eines Tages traurig und niedergeschlagen vor den König. Er machte es so auffallend, daß ihn der König fragte, was ihm fehle.

»Ach«, antwortete er, »ich bin traurig, daß ich die Gnade meines Herrn verloren habe.«

»Was fabelst du da, Freund Korchuz?« entgegnete ihm der König. »Seit wann hätte ich die Sonne meiner Gnade nicht über dich leuchten lassen?«

Der Obermundschenk antwortete ihm, daß er ja den geheimen Oberleibläufer mit Gold überlade, seinen armen, treuen Dienern aber nichts gebe.

Der König war sehr erstaunt über diese Nachricht. Er ließ sich von der Freigebigkeit des kleinen Muck erzählen, und es war den Verschwörern nun leicht, in dem König den Verdacht zu wecken, daß Muck das Geld auf irgendeine Weise aus der Schatzkammer gestohlen habe. Diese Wendung der Sache kam dem Schatzmeister sehr gelegen, da er ohnehin fürchten mußte, Rechenschaft abzulegen. Der König gab nun den Befehl, heimlich auf alle Schritte des kleinen Mucks zu achten, um ihn womöglich auf frischer Tat zu ertappen. Die Kasse des kleinen Muck war durch seine Freizügigkeit bald ziemlich erschöpft. Als er nun in der Nacht, die auf diesen Unglückstag folgte, wieder den Spaten nahm und in den Schloßgarten schlich, um von seinem geheimen Schatz neuen Vorrat zu holen, folgten ihm in sicherer Entfernung die Wachen, angeführt vom Küchenmeister Ahuli und Archaz, dem Schatzmeister. In dem Augenblick, da er das Gold aus dem Topf in seinen Mantel legen wollte, fielen sie über ihn her, banden ihn und führten in sogleich vor den König. Die Unterbrechung seines Schlafes hatte diesen mürrisch gemacht, und er empfing seinen armen geheimen Oberleibläufer daher sehr ungnädig und begann gleich mit dem Verhör. Man hatte den Topf vollends aus der Erde gegraben und mit dem Spaten und dem goldgefüllten Mantel dem König vor die Füße gelegt. Der Schatzmeister sagte aus, daß er mit seinen Wachen Muck überrascht hatte, wie er diesen Topf mit Gold gerade vergraben wollte.

Der König befragte hierauf den Angeklagten, ob es wahr sei und woher er das Gold, das er vergraben wollte, bekommen habe?

Der kleine Muck, im Gefühl seiner Unschuld, sagte aus, daß er diesen Topf im Garten entdeckt habe und daß er ihn nicht ein-, sondern ausgraben wollte.

Alle Anwesenden lachten laut über diese Entschuldigung. Der König war auf das höchste erzürnt über die vermeintliche Frechheit des Kleinen. »Wie, Elender!« rief er aus. »Du willst deinen König so dumm und schändlich belügen, nachdem du ihn bestohlen hast? Schatzmeister Archaz! Ich fordere dich auf zu sagen, ob das die Summe ist, die in meinem Schatz fehlt?«

Der Schatzmeister antwortete, er sei sich seiner Sache ganz sicher, es fehle sogar seit einiger Zeit noch mehr aus der königlichen Schatzkammer, und er könne einen Eid darauf ablegen, daß dies das Gestohlene sei.

Da befahl der König, den kleinen Muck in Ketten zu legen und in den Turm zu führen. Dem Schatzmeister aber übergab er das Gold, um es wieder in die Schatzkammer zu tragen. Vergnügt über den

glücklichen Ausgang der Sache, zog dieser ab und zählte zu Hause die blinkenden Goldstücke. Unten im Topf fand er einen Zettel, aber das teilte dieser Schurke niemandem mit. Auf dem Zettel stand:

Der Feind hat mein Land überschwemmt, daher verberge ich hier einen Teil meiner Schätze. Wer es auch finden mag, den treffe der Fluch seines Königs, wenn er es nicht sofort meinem Sohn ausliefert!

König Sadi.

Der kleine Muck stellte in seinem Kerker traurige Betrachtungen an. Er wußte, daß auf Diebstahl des königlichen Eigentums der Tod stand, und doch wollte er das Geheimnis seines Stabes dem König nicht verraten, weil er mit Recht fürchtete, sie würden ihm dann diesen und seine Pantoffeln wegnehmen. Die Pantoffeln konnten ihm leider auch keine Hilfe bringen. Seine Ketten waren so eng an die Mauer angeschlossen, daß er sich, sosehr er sich auch quälte, nicht auf dem Absatz umdrehen konnte. Als ihm am nächsten Tag sein Tod angekündigt wurde, da dachte er doch, daß es besser sei, ohne den Zauberstab zu leben, als mit ihm zu sterben, und er ließ den König bitten, ihn noch einmal allein anzuhören, dann würde er ihm ein Geheimnis verraten. Der König schenkte seinem Geständnis von Anfang an keinen Glauben, aber der kleine Muck versprach eine Probe, wenn der König dafür sein Leben verschone. Der König gab ihm sein Wort und ließ, ohne daß es der kleine Muck sehen konnte, Gold in der Erde vergraben. Dann befahl er Muck, es zu suchen. In wenigen Augenblicken hatte er es gefunden, denn der Stab schlug deutlich dreimal auf die Erde. Da merkte der König, daß ihn sein Schatzmeister betrogen hatte, und sandte ihm, wie es im Morgenland gebräuchlich ist, eine seidene Schnur, damit er sich selbst erdroßle. Zum kleinen Muck aber sprach er: »Ich habe dir zwar versprochen, dein Leben zu verschonen, aber es scheint mir, daß du außer diesem Zauberstab noch ein weiteres Geheimnis hast. Du bleibst in ewiger Gefangenschaft, wenn du nicht gestehst, was für eine Bewandtnis es mit deinem schnellen Laufen hat.«

Der kleine Muck, dem die eine Nacht im Turm alle Lust zu einer längeren Gefangenschaft genommen hatte, bekannte nun, daß seine Kunst im Zusammenhang mit den Pantoffeln stünde. Aber er erzählte dem König nichts von dem dreimaligen Umdrehen auf dem Absatz. Der König schlüpfte selbst in die Pantoffeln, um die Probe zu machen, und jagte wie verrückt im Garten umher. Er wollte einige Male anhalten, aber er wußte nicht, wie man die Pantoffeln zum Stehen brachte. Und der kleine Muck konnte sich diese kleine Rache nicht versagen. Er ließ ihn laufen, bis er ohnmächtig niederfiel.

Als der König wieder zur Besinnung gekommen war, war er schrecklich aufgebracht über den kleinen Muck, der ihn so lange hatte laufen lassen. »Ich habe dir mein Wort gegeben, dir Freiheit und Leben zu schenken, doch innerhalb von zwölf Stunden mußt du mein Land verlassen, sonst lasse ich dich aufknüpfen!« Die Pantoffeln und das Stäbchen aber ließ er in seine Schatzkammer legen.

Der kleine Muck war nun so arm wie am Anfang seiner Reise, und traurig wanderte er zum Land hinaus. Er verwünschte seine Torheit, die ihm vorgespiegelt hatte, er könne eine bedeutende Rolle bei Hof spielen. Zum Glück war das Land, aus dem er gejagt wurde, nicht sehr groß. Er war schon nach acht Stunden an der Grenze, obgleich ihm das Gehen schwer fiel, da er sehr an seine Pantoffeln gewöhnt war.

Als er über die Grenze gekommen war, verließ er die Straße, um die dichteste Einöde der Wälder aufzusuchen und dort nur für sich zu leben, denn er wollte nichts mehr mit Menschen zu tun haben. Im dichten Wald fand er einen Platz, der ihm für die Ausführung seines Entschlusses geeignet schien. Ein klarer Bach, von großen, schattenspendenden Feigenbäumen umgeben, und ein Stück Rasen wirkten einladend. Er warf sich nieder und war fest entschlossen, nichts an Nahrung zu sich zu nehmen und hier den Tod zu erwarten. Über solch traurigen Todesgedanken schlief er ein. Als er wieder aufwachte, fing ihn der Hunger an zu quälen. Er bedachte, daß der Hungertod doch eine recht gefährliche Sache sei, und sah sich um, ob er irgendwo etwas Eßbares finden könne. Da hingen köstliche, reife Feigen an dem Baum, unter dem er geschlafen hatte. Er stieg hinauf, um sich einige zu pflücken. Sie schmeckten vortrefflich. Dann ging er hinunter an den Bach, um seinen Durst zu löschen. Aber wie sehr war er erschrocken, als ihm sein Spiegelbild im Wasser seinen Kopf mit zwei gewaltigen Ohren und einer dicken, langen Nase geschmückt zeigte! Bestürzt griff er mit den Händen nach den Ohren – wirklich, sie waren über eine halbe Elle lang.

»Ich verdiene Eselsohren!« rief er aus. »Ich habe ja auch mein Glück wie ein Esel mit den Füßen getreten.«

Er wanderte unter den Bäumen umher, und als er wieder Hunger fühlte, mußte er abermals zu den Feigen seine Zuflucht nehmen, denn sonst fand er nichts. Bei der zweiten Portion Feigen fiel ihm ein, ob wohl seine Ohren nicht unter seinem großen Turban Platz hätten, damit er nicht gar zu lächerlich aussehe. Als er nun danach fühlte, merkte er, daß die riesigen Ohren verschwunden waren. Er lief gleich zum Bach, um sich davon zu überzeugen; und wirklich, es war so, seine Ohren hatten ihre vorige Gestalt, seine lange, unförmige Nase war nicht mehr. Jetzt merkte er aber, wie dies gekommen war: Von den Feigen des ersten Baumes hatte er die lange Nase und die großen Ohren bekommen, die Früchte des zweiten hatten ihn geheilt. Er erkannte voll Freude, daß ihm das

Schicksal doch noch einmal günstig gesonnen war. Es hatte ihm ein neues Mittel in die Hand gegeben, sein Glück zu finden.
Er pflückte Feigen von den beiden Bäumen, soviel er tragen konnte, und ging in das Land zurück, das er erst vor kurzem verlassen hatte. Dort verkleidete er sich zur völligen Unkenntlichkeit und ging dann weiter auf die Stadt zu, die jener König bewohnte. Bald kam er dort an.
Es war gerade zu einer Jahreszeit, wo reife Früchte noch ziemlich selten waren. Der kleine Muck setzte sich unter das Tor des Palastes. Er wußte von früher, daß der Küchenmeister hier gern Seltenheiten für die königliche Tafel einkaufte. Muck saß noch nicht lange da, als er den Küchenmeister über den Hof kommen sah. Er musterte die Waren der Verkäufer, die sich am Tor des Palastes eingefunden hatten. Schließlich fiel sein Blick auch auf Mucks Körbchen. »Ah, ein seltener Bissen«, sagte er. »Der wird Ihro Majestät gewiß behagen. Was willst du für den ganzen Korb?«
Der kleine Muck nannte einen mäßigen Preis, und sie wurden bald handelseinig. Der Küchenmeister übergab den Korb seinem Sklaven und ging weiter. Der kleine Muck aber machte sich einstweilen aus dem Staub, weil er befürchtete, wenn sich das Unglück an den

Köpfen des Hofes ereignen würde, würde man sicher den Verkäufer suchen und bestrafen.

Der König war bei Tisch sehr heiter und lobte seinen Küchenmeister wieder wegen seiner Kochkunst und der Sorgfalt, mit der er immer das Seltenste für ihn aussuche. Der Küchenmeister, der wußte, welch einen Leckerbissen er noch bereit hatte, schmunzelte freundlich und ließ nur einzelne Sätze fallen wie: »Es ist noch nicht aller Tage Abend«, oder »Ende gut, alles gut«, so daß die Prinzessinnen sehr neugierig wurden, was er wohl noch auf die Tafel bringen werde. Als er dann die schönen, einladenden Feigen auftragen ließ, hörte man ein allgemeines »Ah!«

»Wie reif, wie appetitlich«, rief der König. »Küchenmeister, du bist ein großartiger Kerl und verdienst unsere ganz besondere Gnade!« Der König, der mit solchen Leckerbissen sehr sparsam zu sein pflegte, teilte nun mit eigener Hand die Feigen aus. Jeder Prinz und jede Prinzessin bekamen zwei, die Hofdamen und die Wesire und Agas je eine, die restlichen stellte er vor sich hin und begann mit großem Behagen, sie zu verschlingen.

»Aber, lieber Gott, du siehst so wunderlich aus, Vater!« rief auf einmal Prinzessin Amarza. Alle sahen den König erstaunt an.

Ungeheure Ohren hingen ihm am Kopf, eine lange Nase zog sich über sein Kinn hinunter. Sie betrachteten sich nun auch untereinander mit Schrecken und Staunen. Alle waren mehr oder minder mit dem sonderbaren Kopfputz versehen. Man stelle sich den Schrecken vor, der auf dem Hofe herrschte! Man schickte sogleich nach allen Ärzten in der Stadt. Sie kamen haufenweise, sie verordneten Pillen und Mixturen, aber die Ohren und Nasen blieben. Man operierte einen Prinzen, aber die Ohren wuchsen nach. Muck hatte von der ganzen Geschichte in seinem Versteck, wohin er sich zurückgezogen hatte, gehört und erkannte, daß es jetzt an der Zeit sei zu handeln. Er hatte sich schon von dem Erlös der Feigen einen Anzug gekauft, mit dem er sich in einen Gelehrten verwandeln konnte. Um die Täuschung zu vollenden, hatte er sich einen langen Bart aus Ziegenhaar gekauft.

Mit einem Säckchen voll Feigen wanderte er zum Palast des Königs, stellte sich als fremder Arzt vor und bot seine Hilfe an. Man war von Anfang an sehr ungläubig. Als aber der kleine Muck einem der Prinzen eine Feige zu essen gab und Ohren und Nase wieder in den alten Zustand zurückverwandelt wurden, da wollten alle von dem fremden Arzt geheilt werden. Der König nahm ihn schweigend bei der Hand und führte ihn in sein Gemach. Dort schloß er eine Tür auf, die in die Schatzkammer führte. Er winkte Muck, ihm zu folgen. »Hier sind meine Schätze«, sprach der König. »Wähle dir, wonach dir der Sinn steht. Was es auch sei, es soll dir gewährt werden, wenn du mich nur von diesem schmachvollen Übel befreist.«

Das war Musik in den Ohren des kleinen Muck. Er hatte gleich bei seinem Eintritt seine Pantoffeln auf dem Boden stehen sehen. Gleich daneben lag auch sein Stab. Er ging nun in dem Saal umher, wie wenn er die Schätze des Königs bewundern wollte. Kaum aber war er an seine Pantoffeln gekommen, da schlüpfte er schnell hinein, ergriff seinen Stab, riß seinen falschen Bart ab und zeigte dem erstaunten König das wohlbekannte Gesicht seines verstoßenen Muck.

»Treuloser König«, sprach er, »der du treue Dienste mit Undank lohnst, nimm als wohlverdiente Strafe die Mißgestalt, die du trägst. Die Ohren sollst du behalten, und sie sollen dich täglich an den kleinen Muck erinnern!«

Als er das gesagt hatte, drehte er sich blitzschnell auf dem Absatz herum und wünschte sich weit weg. Ehe noch der König um Hilfe rufen konnte, war der kleine Muck entflohen.

Seitdem lebte der kleine Muck in großem Wohlstand, aber einsam. Er war durch Erfahrung ein weiser Mann geworden.

Der Zwerg Nase

In einer Stadt in Deutschland lebte vor vielen Jahren ein Schuster mit seiner Frau schlicht und recht. Er saß bei Tag an der Ecke der Straße und flickte Schuhe und Pantoffeln und machte auch neue, wenn ihm jemand dazu den Auftrag gab. Doch mußte er dazu dann erst das Leder einkaufen, denn er war arm und hatte keine Vorräte. Seine Frau verkaufte Gemüse und Früchte, die sie in einem kleinen Garten vor dem Tor pflanzte, und viele Leute kauften gern bei ihr, weil sie reinlich und sauber gekleidet war und ihr Gemüse auf gefällige Art auszubreiten und zu legen wußte.
Die beiden Leutchen hatten einen schönen Sohn. Er hatte ein hübsches Gesicht und war wohlgewachsen und für sein Alter von zwölf Jahren ziemlich groß. Er pflegte gewöhnlich bei seiner Mutter auf dem Gemüsemarkt zu sitzen, und den Frauen oder Köchen, die viel eingekauft hatten, trug er manchmal die Waren nach Hause. Selten kam er von einem solchen Gang zurück ohne eine schöne Blume oder ein Geldstück oder ein Stück Kuchen. Denn die Herrschaften der Köche sahen den hübschen Knaben gern in ihrem Hause und beschenkten ihn meist reichlich.

Eines Tages saß die Frau des Schusters wieder wie gewöhnlich auf dem Markt. Sie hatten einige Körbe mit Kohl und anderem Gemüse, Kräuter und Samen und in einem kleineren Körbchen frühe Birnen, Äpfel und Aprikosen vor sich. Der kleine Jakob, so hieß der Knabe, saß neben ihr und rief mit heller Stimme die Waren aus: »Hierher, Ihr Herren, seht, welch schöner Kohl, wie wohlriechend diese Kräuter! Frühe Birnen, ihr Frauen, frühe Äpfel und Aprikosen! Wer kauft? Meine Mutter gibt es wohlfeil.« So rief der Knabe.

Da kam ein altes Weib über den Markt her. Es sah zerrissen und zerlumpt aus, hatte ein kleines, spitziges Gesicht, vom Alter ganz zerfurcht, rote Augen und eine spitze, gebogene Nase, die abwärts gegen das Kinn verlief. Die Alte ging an einem langen Stock, und doch konnte man nicht sagen, wie sie ging, denn sie hinkte und rutschte und wankte. Es war, als habe sie Räder an den Beinen und könne jeden Augenblick umfallen und mit ihrer spitzen Nase auf das Pflaster stürzen.

Die Frau des Schusters betrachtete dieses Weib aufmerksam.

Sie saß nun schon seit sechzehn Jahren täglich auf dem Markt und hatte in all dieser Zeit noch nie diese sonderbare Gestalt bemerkt. Sie erschrak unwillkürlich, als die Alte auf sie zuhinkte und an ihren Körben stehenblieb.

»Seid Ihr Hanne, die Gemüsehändlerin?« fragte sie das alte Weib mit einer unangenehmen, krächzenden Stimme, während sie beständig ihren Kopf hin und her bewegte.

»Ja, die bin ich«, antwortete die Schustersfrau. »Ist Euch etwas gefällig?«

»Wollen sehen, wollen sehen! Kräutlein schauen, Kräutlein schauen, ob du hast, was ich brauche«, antwortete die Alte. Sie beugte sich vor den Körben nieder und fuhr mit einem Paar dunkelbrauner, häßlicher Hände in den Kräuterkorb hinein, packte die Kräuter, die schön und gefällig ausgebreitet waren, mit ihren langen Spinnenfingern, hielt sich dann eins ums andere an die lange Nase und roch eine Weile daran. Die Frau des Schusters konnte kaum mit ansehen, wie dieses alte Weib mit ihren feinen Kräutern hantierte, aber sie wagte nichts zu sagen. Es war ja das Recht des Käufers, die Ware zu prüfen, und überdies empfand sie ein sonderbares Grauen vor diesem Weib. Als die Alte den Korb durchwühlt hatte, murmelte sie: »Schlechtes Zeug, schlechtes Kraut, nichts von dem, was ich will. War viel besser vor fünfzig Jahren. Schlechtes Zeug, schlechtes Zeug!«

Diese Reden machten den kleinen Jakob wütend. »Du bist ein unverschämtes altes Weib«, rief er voller Zorn. »Erst fährst du mit deinen garstigen braunen Fingern in die schönen Kräuter hinein, drückst sie zusammen und hältst sie an deine lange Nase, so daß niemand sie mehr kaufen will, der das gesehen hat, und jetzt schimpfst du auch noch über unsere Ware und nennst sie schlechtes Zeug, dabei kauft doch selbst der Koch des Herzogs alles bei uns!«

Das alte Weib schielte auf den mutigen Knaben, lachte widerlich und sprach mit heiserer Stimme: »Söhnchen, Söhnchen! Also gefällt dir meine Nase, meine schöne, lange Nase? Sollst auch eine haben mitten im Gesicht bis übers Kinn herab.«

Während dieser Reden machte sie sich an dem anderen Korb zu schaffen, in dem der Kohl ausgelegt war. Sie nahm den herrlichsten der weißen Kohlköpfe in die Hand, drückte ihn zusammen und warf ihn dann wieder in den Korb. Sie sagte noch einmal: »Schlechte Ware, schlechter Kohl!«
»Wackle nicht so garstig mit deinem Kopf hin und her«, rief der Kleine, nun ängstlich geworden. »Dein Hals ist ja so dünn wie ein Kohlstengel, er könnte leicht abbrechen, und dann fiele dein Kopf in den Korb. Wer würde da noch etwas kaufen?«
»Gefallen sie dir nicht, die dünnen Hälse?« murmelte die Alte lachend. »Sollst gar keinen haben, Kopf muß in den Schultern stecken, damit er nicht herabfällt vom kleinen Körperlein!«
»Erzähl dem Kleinen kein so dummes Zeug«, sagte endlich die Frau des Schusters, die sich über das lange Prüfen, Mustern und Beriechen ärgerte. »Wenn Ihr etwas kaufen wollt, so beeilt Euch, Ihr verscheucht mir ja die anderen Kunden.«
»Gut, es sei, wie du willst«, rief die Alte mit grimmigem Blick. »Ich will dir diese sechs Kohlköpfe abkaufen. Aber wie du siehst, muß ich mich auf meinen Stock stützen und kann nichts tragen. Erlaube deinem kleinen Sohn, daß er mir die Ware nach Hause bringt. Ich werde ihn dafür belohnen.«
Der Kleine wollte nicht mitgehen und weinte. Ihm graute vor der häßlichen Frau, aber die Mutter befahl es ihm eindringlich, weil sie es für eine Sünde hielt, der alten, schwächlichen Frau diese Last aufzubürden. Er weinte immer noch, als er tat, was ihm seine Mutter befahl. Er raffte die Kohlköpfe in ein Tuch zusammen und folgte dem alten Weib über den Markt.
Sie ging ziemlich langsam, und sie brauchten beinahe eine Dreiviertelstunde, bis sie in einem ganz entlegenen Stadtteil vor einem kleinen, baufälligen Haus angekommen waren. Dort zog sie einen alten, rostigen Haken aus der Tasche, fuhr damit sehr geschickt in ein kleines Loch in der Tür, und plötzlich sprang diese krachend auf. Aber wie war der kleine Jakob überrascht, als er in das Innere des Hauses trat! Es war prachtvoll ausgeschmückt, die Decke war aus

Marmor, und die Wände und die Gerätschaften waren aus dem schönsten Ebenholz, mit Gold und geschliffenen Steinen eingelegt. Der Boden aber war aus Glas. Der Kleine glitt einige Male aus und fiel hin. Die Alte zog ein silbernes Pfeifchen aus der Tasche und pfiff eine Melodie darauf, die gellend durch das Haus tönte. Da kamen sogleich einige Meerschweinchen die Treppe herab. Dem Jakob schien es ganz sonderbar, daß sie aufrecht gingen und Nußschalen statt Schuhen an den Pfoten trugen. Sie hatten menschliche Kleider angelegt und trugen sogar Hüte nach der neuesten Mode auf den Köpfen.

»Wo sind meine Pantoffeln, ihr elendes Gesindel?« rief die Alte und schlug mit ihrem Stock nach ihnen, so daß sie jammernd in die Höhe sprangen. »Wie lange soll ich noch so dastehen?«

Sie sprangen schnell die Treppe hinauf und kamen mit einem Paar Schalen aus Kokosnuß wieder, die mit Leder gefüttert waren. Sie steckten sie der Alten geschickt an die Füße.

Jetzt war das Hinken und Rutschen vorbei. Sie warf den Stab von sich und glitt mit großer Schnelligkeit über den Glasboden hin. Sie zog den kleinen Jakob, den sie an der Hand nahm, mit sich fort. Endlich hielt sie in einem Zimmer, das durch die Geräte, die sich darin befanden, beinahe einer Küche glich, obgleich die Tische aus Mahagoniholz und die Sofas, mit kostbaren Teppichen behängt, mehr in ein Prunkgemach gepaßt hätten.

»Setz dich, mein Sohn!« sagte die Alte freundlich und drückte ihn in die Ecke eines Sofas. Sie stellte einen Tisch so vor ihn, daß er nicht mehr hervorkommen konnte. »Setz dich, du hast schwer getragen. Die Menschenköpfe sind nicht leicht, nicht so leicht.«

»Aber, Frau, was sprecht Ihr da so wunderlich?« rief der Kleine. »Ich bin zwar müde, aber ich habe die Kohlköpfe getragen, die Ihr meiner Mutter abgekauft habt.«

»Ei, was du nicht alles weißt«, lachte das Weib. Sie deckte den Korb auf und brachte einen Menschenkopf hervor, den sie am Schopf gefaßt hielt. Der Kleine erschrak zutiefst. Er konnte nicht fassen, wie dies alles zuging. Er dachte an seine Mutter. Wenn jemand von diesen Menschenköpfen erfuhr, dachte er bei sich, würde man meine Mutter bestimmt vor Gericht stellen.

»Ich muß dir jetzt noch deinen Lohn geben, weil du so artig warst«, murmelte die Alte. »Gedulde dich nur ein Weilchen. Ich werde dir ein Süppchen einbrocken, an das du dein Leben lang denken wirst.«

Da pfiff sie wieder. Zuerst kamen viele Meerschweinchen herbei. Sie hatten Küchenschürzen umgebunden und im Gürtel Rührlöffel und Tranchiermesser. Nach ihnen kam eine Menge Eichhörnchen hereingehüpft. Sie hatten weite türkische Beinkleider an, gingen aufrecht, und auf dem Kopf trugen sie grüne Samtmützen. Sie schienen die Küchenjungen zu sein. Sie kletterten mit großer Geschwindigkeit die Wände hinauf und brachten Pfannen und Schüsseln, Eier und Butter, Kräuter und Mehl. Sie trugen alles zum Herd. Die Alte fuhr mit ihren Pantoffeln aus Kokosschalen beständig hin und her, und der Kleine sah, daß sie sich große Mühe gab, ihm etwas Gutes zu kochen. Das Feuer flammte hoch empor, und in der Pfanne begann es zu rauchen und zu sieden. Ein angenehmer Geruch verbreitete sich im Zimmer. Die Alte lief immer noch auf und ab, die Eich-

hörnchen und Meerschweinchen stets hinter ihr her. Sooft sie am Herd vorbeikam, guckte sie in den Topf und steckte ihre lange Nase hinein. Schließlich fing es an zu sprudeln und zu zischen. Dampf stieg aus dem Topf auf, und Schaum floß ins Feuer. Da nahm sie ihn weg, goß von seinem Inhalt etwas in eine silberne Schale und setzte diese vor den kleinen Jakob.
»So, Söhnchen, so«, sprach sie, »iß nur von diesem Süppchen, dann hast du alles, was dir an mir so gefallen hat! Du sollst auch noch ein geschickter Koch werden, damit du noch etwas Rechtes wirst. Aber Kräutlein, nein, das Kräutlein sollst du nimmer finden. Warum hat es deine Mutter nicht in ihrem Korb gehabt?«
Der Kleine verstand nicht, was sie meinte. Er wandte seine Aufmerksamkeit der Suppe zu, die ihm ganz vortrefflich schmeckte. Seine Mutter hatte ihm manche schmackhafte Speise zubereitet, aber so gut hatte ihm noch nie etwas geschmeckt. Der Duft von feinen Kräutern und Gewürzen stieg von dieser Suppe auf, dabei war sie süß und säuerlich zugleich. Sie schmeckte sehr kräftig. Während er die letzten Tropfen dieser köstlichen Mahlzeit austrank, zündeten die Meerschweinchen arabischen Weihrauch an, der in bläulichen Wolken durch das Zimmer schwebte. Dichter und immer dichter wurden diese Wolken und sanken herab. Der Geruch des Weihrauchs wirkte betäubend auf den Kleinen. Er rief sich immer wieder ins Gedächtnis, daß er jetzt zu seiner Mutter zurückkehren müsse. Aber jedesmal, wenn er sich dazu aufraffen wollte, sank er von neuem in den Schlummer zurück, bis er endlich auf dem Sofa des alten Weibes eingeschlafen war.
Er hatte sonderbare Träume. Es war ihm, als zöge die Alte seine Kleider aus und umhüllte ihn statt dessen mit einem Eichhörnchenbalg. Jetzt konnte er Sprünge machen und klettern wie die Eichhörnchen. Er ging mit den anderen Eichhörnchen und Meerschweinchen, die sehr artige und gesittete Leute waren, um und war wie sie im Dienst der alten Frau. Zuerst war er nur für das Schuheputzen zu gebrauchen, das heißt, er mußte die Kokosnüsse, die die alte Frau statt Pantoffeln trug, mit Öl salben und glänzend reiben. Da er

nun ähnliches zu Hause oft getan hatte, ging ihm diese Arbeit flink von der Hand. Etwa nach einem Jahr, träumte er weiter, wurde ihm eine andere Arbeit zugeteilt. Er mußte mit anderen Eichhörnchen Sonnenstäubchen fangen und sie, wenn sie genug hatten, durch ein feines Haarsieb sieben. Die Frau schätzte nämlich Sonnenstäubchen über alles. Weil sie keine Zähne mehr hatte, ließ sie sich ihr Brot aus Sonnenstäubchen zubereiten.

Wiederum nach einem Jahr wurde er zu den Dienern versetzt, die das Trinkwasser für die Alte zu sammeln hatten. Man denke nicht, daß sie sich dazu etwa eine Zisterne hätte graben oder ein Faß in den Hof stellen lassen, um das Regenwasser darin aufzufangen. Es ging dabei viel feiner zu. Die Eichhörnchen und Jakob mit ihnen mußten mit Haselnußschalen den Tau aus den Rosen schöpfen. Das war dann das Trinkwasser der Alten. Da sie im Laufe eines Tages sehr viel trank, hatten die Wasserträger viel Arbeit. Nach einem weiteren Jahr wurde er zum inneren Dienst des Hauses bestellt. Er mußte die Böden saubermachen. Da diese nun aus Glas waren und man jeden Hauch an ihnen sah, war es mit viel Mühe verbunden. Sie mußten sie mit einer Bürste bearbeiten und sich alte Lumpen an die Füße schnallen und damit im Zimmer umherfahren. Im fünften Jahr kam er dann schließlich in die Küche. Dies war ein Ehrenamt, zu dem man nur nach langer Prüfung gelangen konnte. Jakob diente vom Küchenjungen aufwärts bis zum ersten Pastetenmacher, und er gewann mit der Zeit eine solche Erfahrung und Geschicklichkeit, daß er sich über sich selbst wunderte. Die schwierigsten Sachen, Pasteten mit zweihundert verschiedenen Zutaten, Kräutersuppen aus allen Kräutern, die auf der Erde wuchsen, bereitet – alles das lernte er zu kochen. Er verstand es bald, diese Dinge rasch und wohlschmeckend auf den Tisch zu bringen.

So waren etwa sieben Jahre vergangen, die er im Dienst der Alten zugebracht hatte. Eines Tages befahl sie ihm, ein Huhn zu rupfen, nachdem sie die Kokosschuhe ausgezogen hatte und den Korb und den Krückstock zur Hand nahm, um auszugehen. Er sollte es mit Kräutern füllen und bräunlichgelb rösten, bis sie wiederkäme.

Er tat dies nach allen Regeln der Kunst. Er drehte dem Huhn den Kragen um, brühte es im heißen Wasser, rupfte ihm geschickt die Federn, schabte seine Haut, damit sie glatt und fein wurde, und nahm ihm die Eingeweide heraus. Dann fing er an, die Kräuter zusammenzusuchen, mit denen er das Huhn füllen wollte. In der Kräuterkammer gewahrte er ein Wandschränkchen, dessen Tür halb geöffnet war und das er noch nie bemerkt hatte. Er ging neugierig näher, um zu sehen, was es enthalte. Siehe da, es standen viele Körbchen darin, aus denen ein kräftiger, angenehmer Geruch aufstieg. Er öffnete eines dieser Körbchen und fand darin seltsame Kräuter, von eigenartiger Gestalt und Farbe. Die Stengel und Blätter waren blaugrün und trugen oben eine kleine brennendrote Blume, die mit Gelb verbrämt war. Er betrachtete gedankenverloren diese Blume und roch daran. Sie strömte denselben starken Geruch aus wie die Suppe, die ihm die Alte einst gekocht hatte. Aber der Geruch wurde schließlich so stark, daß er zu niesen anfing, immer heftiger niesen mußte – und am Ende niesend erwachte.

Da lag er auf dem Sofa des alten Weibes und blickte verwundert umher. »Nein, wie man nur so lebhaft träumen kann«, sprach er zu sich. »Ich hätte noch vor einigen Augenblicken geschworen, daß ich ein Eichhörnchen wäre, der Kamerad von Meerschweinchen und anderen Tieren und dabei ein großer Koch dazu. Wie wird die Mutter lachen, wenn ich ihr das alles erzähle! Aber sie wird sicher auch schimpfen, daß ich in einem fremden Haus einfach eingeschlafen bin, statt ihr auf dem Markt zu helfen.«

Er raffte sich auf und wollte gehen. Seine Glieder waren noch steif vom Schlaf, besonders sein Nacken. Er konnte den Kopf nicht recht hin und her bewegen. Er mußte über sich selbst lächeln, weil er so schlaftrunken war. Jeden Augenblick stieß er mit seiner Nase an einen Schrank oder an die Wand, oder er schlug sie, wenn er sich schnell umwandte, an einen Türpfosten. Die Eichhörnchen und Meerschweinchen liefen winselnd um ihn herum, als wollten sie ihn begleiten. Er machte ihnen auch tatsächlich auf der Türschwelle dieses Angebot, denn es waren lauter niedliche Tiere, aber sie fuhren auf ihren Nußschalen schnell ins Haus zurück, und er hörte sie aus der Ferne heulen.

Es war ein ziemlich entlegener Teil der Stadt, in den ihn die Alte geführt hatte, und er konnte kaum aus den engen Gassen herausfinden. Es herrschte da ein großes Gedränge. Ihm dünkte auch, daß sich in der Nähe anscheinend ein Zwerg sehen ließ, denn überall hörte er Rufe: »Seht doch den häßlichen Zwerg! Wo kommt dieser Zwerg her? Was hat er doch für eine lange Nase, und wie ihm der Kopf in den Schultern steckt, und was hat er für braune, häßliche Hände!«

Zu einer anderen Zeit wäre er wahrscheinlich auch dahin gelaufen, denn er sah für sein Leben gern Riesen oder Zwerge oder seltsame fremde Trachten, aber heute mußte er sich beeilen, um zu seiner Mutter zu kommen.

Es war ihm ganz ängstlich zumute, als er auf den Markt kam. Die Mutter saß noch da und hatte noch ziemlich viele Früchte im Korb, lange konnte er also nicht geschlafen haben. Aber schon von weitem sah er, daß sie sehr traurig wirkte, denn sie rief die Vorübergehenden nicht an einzukaufen, sondern hatte den Kopf in die Hand gestützt. Als er näher kam, glaubte er zu bemerken, daß sie auch bleicher als sonst war. Er zauderte. Er wußte nicht, was er tun sollte. Endlich faßte er sich ein Herz, schlich sich von hinten an sie heran und legte zutraulich seine Hand auf ihren Arm: »Mütterchen, was fehlt dir?« fragte er. »Bist du böse auf mich?«

Die Frau wandte sich nach ihm um und fuhr mit einem Schrei des Entsetzens zurück: »Was willst du von mir, häßlicher Zwerg? Fort, fort! Ich kann dergleichen Possenspiele nicht leiden!«

»Aber, Mutter, was hast du denn?« fragte Jakob ganz erschrocken. »Ist dir nicht wohl? Warum willst du denn deinen Sohn wegjagen?«

»Ich habe dir schon gesagt, geh deines Weges!« entgegnete Frau Hanne erzürnt. »Bei mir kannst du mit deinen Gaukeleien kein Geld verdienen, du häßliche Mißgeburt!«

»Wahrhaftig, Gott hat ihr den Verstand geraubt!« sprach der Kleine bekümmert vor sich hin. »Was fange ich jetzt an. Ich muß sie ins

Haus bringen. Liebes Mütterchen, sei doch vernünftig. Ich bin dein Sohn, dein Jakob.«

»Nein, jetzt wird mir der Spaß zu unverschämt«, rief Hanne ihrer Nachbarin zu. »Seht euch diesen häßlichen Zwerg an. Da steht er und vertreibt mir alle Käufer, und er wagt es noch, mit meinem Unglück Spott zu treiben. Er spricht zu mir: ›Ich bin ja dein Sohn, dein Jakob!‹ Der Unverschämte!«

Da erhoben sich die Nachbarinnen und fingen an zu schimpfen, so arg sie nur konnten – und ihr wißt sicher, daß sich die Marktweiber aufs Schimpfen verstehen. Sie schalten ihn, daß er sich über das Unglück der armen Hanne auch noch lustig mache, der vor sieben Jahren ihr hübscher Knabe gestohlen worden sei, und sie drohten, alle über ihn herzufallen und ihn mit ihren Nägeln zu zerkratzen, wenn er nicht auf der Stelle verschwand.

Der arme Jakob wußte nicht, was er von all dem halten sollte. War er doch, wie er glaubte, heute früh wie gewöhnlich mit der Mutter auf den Markt gegangen, hatte ihr die Früchte aufstellen geholfen, war nachher mit dem alten Weib in ihr Haus gegangen, hatte deren Suppe verzehrt, ein kleines Schläfchen gehalten und war jetzt wieder da. Und die Mutter und die Nachbarinnen sprachen von sieben Jahren! Und sie nannten ihn einen garstigen Zwerg! Was war denn mit ihm geschehen?

Als er sah, daß seine Mutter nichts mehr von ihm wissen wollte, traten ihm die Tränen in die Augen, und er ging traurig die Straße hinunter zu der Bude, wo sein Vater tagsüber Schuhe flickte. »Ich muß doch sehen«, dachte er, »ob er mich auch nicht kennen will. Ich werde mich in die Tür stellen und mit ihm sprechen.«

Als er zu der Bude des Schusters gekommen war, stellte er sich in die Tür und schaute hinein. Der Meister war so emsig bei der Arbeit, daß er ihn nicht sah. Als er aber nach einer Weile zufällig einen Blick zur Tür warf, ließ er Schuhe, Draht und Pfriem auf die Erde fallen und rief mit Entsetzen: »Um Gottes willen, was ist das, was ist das!«

»Guten Abend, Meister!« sprach der Kleine, indem er vollends in den Laden trat. »Wie geht es Euch?«

»Schlecht, schlecht, kleiner Herr!« antwortete sein Vater zu Jakobs großer Verwunderung, denn er schien ihn auch nicht zu erkennen. »Die Arbeit will mir nicht von der Hand. Ich bin so allein und werde allmählich alt. Aber ein Geselle ist mir zu teuer.«

»Aber habt Ihr keinen Sohn, der Euch mit der Zeit bei der Arbeit helfen könnte?« forschte der Kleine weiter.

»Ich hatte einen, er hieß Jakob. Er müßte jetzt ein schlanker, gewandter Bursche von fast zwanzig Jahren sein, der mir tüchtig unter die Arme greifen könnte. Ha, das wäre ein Leben! Schon als er zwölf Jahre alt war, war er so anstellig und geschickt, und er verstand bereits manches vom Handwerk. Er war auch hübsch und angenehm anzusehen. Der hätte mir so viel Kundschaft herbeigelockt, daß ich nicht mehr nur Flickschuster hätte sein müssen, sondern bald nur mehr Neues hätte machen können! Aber so geht es auf der Welt!«

»Wo ist denn Euer Sohn?« fragte Jakob mit zitternder Stimme seinen Vater.

»Das weiß Gott«, antwortete dieser. »Vor sieben Jahren, ja, so lange ist es schon her, wurde er uns vom Markt weg gestohlen.«

»Vor sieben Jahren!« rief Jakob entsetzt.

»Ja, kleiner Herr, vor sieben Jahren. Ich weiß es noch wie heute, wie meine Frau nach Hause kam. Sie weinte und rief, daß das Kind den ganzen Tag nicht zurückgekommen sei. Sie habe überall geforscht und gesucht und ihn nirgends gefunden. Ich habe immer gedacht und es auch gesagt, daß es so kommen würde. Jakob war ein ungewöhnlich hübsches Kind, das muß man wirklich sagen. Da nun meine Frau sehr stolz auf ihn war, sah sie es gerne, wenn die Leute ihn lobten. Sie schickte ihn oft mit Gemüse und dergleichen in die vornehmen Häuser. Das war schon recht. Und er wurde jedesmal reichlich beschenkt. Aber ich sagte ihr: Gib acht! Die Stadt ist groß. Es wohnen viele schlechte Leute hier. Gib mir auf den Jakob acht! Und so geschah es dann, wie ich sagte. Eines Tages kam ein altes, häßliches Weib auf den Markt. Die Alte feilschte um die Früchte und das Gemüse und kaufte dann so viel, daß sie es selbst nicht tragen konnte. Meine Frau, die mitleidige Seele, gab ihr den Jungen mit und – hat ihn nie wieder gesehen.«

»Und das ist jetzt sieben Jahre her, sagt Ihr?«

»Im Frühling wird es sieben Jahre. Wir ließen ihn ausrufen, wir gingen von Haus zu Haus und fragten. Manche hatten den hübschen Jungen gekannt und liebgewonnen und suchten mit uns. Vergeblich. Auch die Frau, die das Gemüse gekauft hatte, kannte keiner. Ein steinaltes Weib, das schon neunzig Jahre hier gelebt hatte, sagte, es könne vielleicht die böse Fee Kräuterweis gewesen sein, die alle fünfzig Jahre einmal in die Stadt komme, um allerlei einzukaufen.«

Während Jakobs Vater dies alles erzählte, klopfte er weiter an den Schuhen und zog den Draht mit beiden Händen weit hinaus. Dem Kleinen aber wurde nach und nach klar, was mit ihm geschehen war. Er hatte nicht geträumt, er hatte sieben Jahre bei der bösen Fee als Eichhörnchen gedient. Zorn und Gram erfüllten sein Herz so sehr, daß es beinahe zerspringen wollte. Sieben Jahre seiner Jugend hatte ihm die Alte gestohlen, und was hatte er als Ersatz dafür? Daß er Kokosnußpantoffeln blank putzen und ein Zimmer mit einem Glasfußboden saubermachen konnte? Daß er von den Meerschweinchen alle Geheimnisse der Küche erlernt hatte? Er stand eine gute Weile so da und dachte über sein Schicksal nach. Da fragte ihn schließlich sein Vater: »Ist Euch vielleicht etwas von meiner Arbeit gefällig, junger Herr? Etwa ein Paar neue Pantoffeln oder«, setzte er lächelnd hinzu, »vielleicht ein Futteral für Eure Nase?«

»Was wollt Ihr nur mit meiner Nase?« fragte Jakob. »Warum sollte ich denn ein Futteral dafür brauchen?«

»Nun«, entgegnete der Schuster, »jeder nach seinem Geschmack! Aber das eine muß ich Euch sagen, wenn ich diese schreckliche Nase hätte, ließe ich mir aus rosenfarbigem Glanzleder ein Futteral darüber machen. Schaut, da habe ich gerade ein schönes Stückchen, das sich dafür eignen würde. Man brauchte mindestens eine Elle davon, aber Ihr wäret gut bedient, kleiner Herr! So stoßt Ihr Euch doch gewiß an jedem Türpfosten, an jedem Wagen, dem Ihr ausweichen wollt.«

Der Kleine stand stumm vor Schrecken. Er betastete seine Nase. Sie war dick und sicher zwei Hände lang! So hatte also die Alte auch seine Gestalt verwandelt. Darum erkannte ihn seine Mutter nicht mehr, darum schalt man ihn einen häßlichen Zwerg! »Meister«, sprach er halb weinend zu dem Schuster, »habt Ihr keinen Spiegel bei der Hand?«

»Junger Herr«, erwiderte der Vater ernst, »Ihr habt nicht gerade eine Gestalt, die Euch eitel machen könnte. Ihr habt keine Ursache, alle Stunden in den Spiegel zu sehen. Gewöhnt es Euch ab. Es ist eine lächerliche Gewohnheit.«

»Ach, so laßt mich doch einmal in einen Spiegel schauen«, rief der Kleine. »Es geschieht bestimmt nicht aus Eitelkeit!«

»Laßt mich in Ruhe, ich habe keinen bei der Hand. Meine Frau hat einen kleinen Spiegel, aber ich weiß nicht, wo er ist. Wenn Ihr aber durchaus in den Spiegel sehen wollt, nun, über der Straße wohnt Urban, der Barbier. Er hat einen Spiegel, der ist zweimal so groß wie Euer Kopf. Schaut dort hinein, und nun guten Morgen!«

Nach diesen Worten schob ihn der Vater sanft zur Bude hinaus und schloß die Tür hinter ihm. Dann setzte er sich wieder zu seiner Arbeit.

Der Kleine ging sehr niedergeschlagen zu Urban, dem Barbier, den er noch aus früheren Zeiten recht gut kannte. »Guten Morgen, Urban«, sprach er zu ihm. »Ich komme, um Euch um eine Gefälligkeit zu bitten. Seid so gut und laßt mich in Euren Spiegel schauen!«

»Mit Vergnügen, dort steht er«, rief der Barbier lachend, und seine Kunden, denen er den Bart schneiden sollte, lachten mit ihm. »Ihr seid ein hübsches Bürschchen, schlank und fein, einen Hals wie ein Schwan, Händchen wie eine Königin und ein Stumpfnäschen, man kann es nicht schöner sehen. Ein wenig eitel seid Ihr auch noch, das ist wahr. Aber schaut Euch nur ruhig lange an! Man soll mir nicht nachsagen, ich hätte Euch aus Neid nicht in den Spiegel sehen lassen.«

Ein wieherndes Gelächter füllte nach diesen Worten des Barbiers die Baderstube. Der Kleine war indes vor den Spiegel getreten und hatte sich gesehen. Tränen traten ihm in die Augen. »Ja, so konntest du freilich deinen Jakob nicht wiedererkennen, liebe Mutter«, sprach er zu sich. »So hat er in den Tagen der Freude nicht ausgesehen, wo du gerne mit ihm geprahlt hast vor den Leuten!«

Seine Augen waren klein geworden wie die der Schweine, seine Nase war von ungeheurer Größe und hing über Mund und Kinn herunter, der Hals schien gänzlich weggenommen zu sein, denn sein Kopf stak tief in den Schultern, und er konnte ihn nur mit großen Schmerzen nach links und rechts bewegen. Sein Körper war so groß wie vor sieben Jahren, als er zwölf Jahre alt gewesen war. Aber wenn andere Kinder von ihrem zwölften bis zum zwanzigsten Lebensjahr in die Höhe wuchsen, so war er in die Breite gewachsen. Der Rücken und die Brust waren weit hinausgebogen und sahen aus wie ein kleiner, dick gefüllter Sack. Dieser dicke Körper saß auf kleinen, schwachen Beinchen, die dieser Last nicht gewachsen schienen. Um so größer waren die Arme, die ihm am Leib herunterhingen. Sie hatten die Größe wie bei einem ausgewachsenen Mann. Seine Hände waren grob und braungelb, seine Finger lang und spinnenartig, und wenn er sie ganz aus-

streckte, konnte er damit auf den Boden reichen, ohne sich bücken zu müssen. So sah er aus, der kleine Jakob! Er war ein mißgestalteter Zwerg geworden. Er erinnerte sich jetzt auch an jenen Morgen, an dem die alte Frau an die Körbe seiner Mutter getreten war. Alles, was er damals an ihr getadelt hatte, die lange Nase, die häßlichen Finger, alles hatte sie ihm angehext. Nur den langen, zitternden Hals hatte sie gänzlich weggelassen.

»Nun, habt Ihr Euch ausgiebigst besichtigt, mein Prinz?« fragte der Barbier und trat zu ihm. Er betrachtete ihn lachend. »Wahrlich, wenn man sich dergleichen träumen lassen wollte, so komisch könnte es einem nicht einmal im Traume einfallen. Doch ich will Euch einen Vorschlag machen, kleiner Mann. Meine Barbierstube ist zwar genügend besucht, aber in letzter Zeit ist es nicht mehr so wie früher. Das kommt daher, weil mein Nachbar, der Barbier Schaum, irgendwo einen Riesen gefunden hat, der ihm die Kunden ins Haus lockt. Nun, ein Riese zu werden ist keine Kunst. Aber so ein Männchen wie Ihr, das ist schon selten. Tretet bei mir in den Dienst, kleiner Mann. Ihr sollt Wohnung, Essen, Trinken, Kleider, alles sollt Ihr haben. Dafür müßt Ihr Euch nur morgens vor meine Türe stellen und die Leute einladen, einzutreten. Ihr schlagt den Seifenschaum, reicht den Kunden das Handtuch, und Ihr könnt sicher sein, wir werden beide unseren Vorteil davon haben. Ich bekomme mehr Kunden als der mit dem Riesen, und Euch wird jeder gerne ein Trinkgeld geben.«

Der Kleine war über diesen Vorschlag in seinem Innersten empört. Er sollte als Lockvogel für einen Barbier dienen! Aber mußte er sich nicht diesen Schimpf geduldig gefallen lassen? Er sagte daher ganz ruhig zu dem Barbier, daß er nicht die Zeit für derlei Dienste habe, und ging weiter.

Hatte das böse Weib auch seine Gestalt verunstaltet, so hatte sie doch seinem Geist nichts anhaben können, das fühlte er deutlich. Denn er dachte nicht mehr, wie er vor sieben Jahren gedacht hatte. Er glaubte, daß er in diesem Zeitraum weiser und verständiger geworden war. Er trauerte nicht um seine verlorene Schönheit,

nicht über diese häßliche Gestalt. Er trauerte nur darüber, daß er wie ein Hund von der Tür seines Vaters gejagt worden war. Darum beschloß er, noch einmal zu seiner Mutter zu gehen.
Er trat zu ihr auf den Markt und bat sie, ihm ruhig zuzuhören. Er erinnerte sie an jenen Tag, an dem er mit dem alten Weib weggegangen war, er erinnerte sie an einzelne Vorfälle aus seiner Kindheit, er erzählte ihr dann, wie er sieben Jahre als Eichhörnchen bei der Fee gedient habe, wie er verhext worden sei, weil er sich damals über ihr Aussehen lustig gemacht habe. Die Frau des Schusters wußte nicht, was sie denken sollte. Alles traf zu, was er ihr von seiner Kindheit erzählte. Aber als er davon sprach, daß er sieben Jahre lang ein Eichhörnchen gewesen sei, da sagte sie: »Es ist unmöglich, und es gibt keine Feen!« Und sie sah ihn an, und sie verabscheute diesen häßlichen Zwerg. Sie glaubte nicht, daß das ihr Sohn sein könne. Sie hielt es schließlich für das beste, mit ihrem Mann darüber zu sprechen. Sie raffte also ihre Körbe zusammen und hieß ihn mitgehen. So kamen sie zu der Bude des Schusters.
»Sieh einmal«, sprach sie zu ihrem Mann, »dieser Mensch da will unser verlorener Jakob sein. Er hat mir erzählt, er sei vor sieben Jahren gestohlen und von einer Fee verzaubert worden!«
»So?« unterbrach sie der Schuster voller Zorn. »Hat er dir das erzählt? Warte, du Range! Ich habe ihm das alles selbst vor einer Stunde erzählt, und jetzt geht er hin, um dich zu foppen! Verzaubert wurdest du? Warte nur, ich will dich wieder entzaubern!«
Er nahm ein Bündel Riemen, das er gerade zugeschnitten hatte, sprang auf den Kleinen zu und schlug ihn auf den hohen Rücken und auf die langen Arme, daß dieser vor Schmerzen aufschrie und weinend davonlief.
In jener Stadt gab es, wie überall, wenig mitleidige Seelen, die einen Unglücklichen, der noch dazu so lächerlich aussah, unterstützen wollten. Der unglückliche Zwerg blieb den ganzen Tag ohne Speise und Trank und mußte sich die harte, kalte Treppe einer Kirche zum Nachtlager wählen.

Als ihn am nächsten Morgen die Strahlen der Sonne weckten, da dachte er ernsthaft darüber nach, wie er sein Leben fristen könnte. Vater und Mutter hatten ihn verstoßen. Er war zu stolz, um dem Barbier als Aushängeschild zu dienen. Er wollte sich auch nicht an einen Possenreißer verdingen und sich um Geld sehen lassen. Was sollte er aber anfangen? Da fiel ihm ein, daß er ja als Eichhörnchen große Fortschritte in der Kochkunst gemacht hatte. Er glaubte hoffen zu dürfen, daß er es mit manchem Koch aufnehmen könnte. Er beschloß, diese seine Kunst auszuüben.
Sobald es lebhafter auf den Straßen geworden war und der Morgen fortschritt, trat er in die Kirche und verrichtete sein Gebet. Dann machte er sich auf den Weg. Der Herzog, der Herr dieses Landes, war ein bekannter Schlemmer und ein großes Leckermaul, der eine gute Tafel liebte und seine Köche aus allen Weltteilen zusammengesucht hatte. Der Kleine begab sich zu seinem Palast. Als er an die äußerste Pforte kam, fragten die Türhüter nach seinem Begehr. Sie verspotteten ihn, aber er verlangte nach dem Oberküchenmeister. Sie lachten und führten ihn durch die Vorhöfe, und wo er hinkam, blieben die Diener stehen, schauten ihm nach, lachten und schlossen sich ihm an, so daß nach und nach ein ganzer Zug zusammenkam, der sich die Treppe zum Palast hinaufbewegte. Die Stallknechte warfen ihre Striegel weg, die Läufer liefen, was sie konnten, die Teppichbreiter vergaßen ihre Teppiche auszuklopfen, alles drängte und trieb nach vorne. Es war ein Gewühl, als sei der Feind vor den Toren, und das Geschrei: »Ein Zwerg, ein Zwerg! Habt ihr den Zwerg gesehen!«, erfüllte die Luft.
Da erschien der Aufseher des Hauses mit grimmigem Gesicht, eine ungeheure Peitsche in der Hand, in der Tür. »Um Himmels willen, ihr Kerle, was macht ihr solch einen Lärm! Wißt ihr denn nicht, daß der Herr noch schläft?« Dabei schwang er die Geißel und ließ sie unsanft auf den Rücken einiger Stallknechte und Türhüter niederfallen.
»Ach, Herr«, riefen diese, »seht Ihr denn nicht? Wir bringen einen Zwerg, einen Zwerg, wie Ihr noch keinen gesehen habt!«

Der Aufseher des Palastes hatte Mühe, nicht laut aufzulachen, als er des Kleinen ansichtig wurde. Er fürchtete, durch Lachen seiner Würde zu schaden. Er trieb die Leute mit der Peitsche auseinander, führte den Kleinen ins Haus und fragte nach seinem Begehr. Als er hörte, jener wolle zum Küchenmeister, erwiderte er: »Du irrst dich, mein Söhnchen! Du willst zu mir, dem Aufseher des Hauses. Du willst beim Herzog Leibzwerg werden, ist es nicht so?«
»Nein, Herr!« antwortete der Zwerg. »Ich bin ein geschickter Koch und habe viel Erfahrung in der Zubereitung seltener Speisen. Bitte bringt mich zum Oberküchenmeister. Vielleicht kann er meine Kunst brauchen.«
»Jeder nach seinem Willen, kleiner Herr. Übrigens bist du nicht sehr klug. In die Küche! Als Leibzwerg hättest du keine Arbeit gehabt und Essen und Trinken nach Herzenslust und schöne Kleider. Doch wir wollen sehen. Deine Kochkunst wird schwerlich so weit reichen, wie sie von einem Mundkoch des Herrn verlangt wird, und zum Küchenjungen bist du zu gut.«
Bei diesen Worten nahm ihn der Aufseher des Palastes bei der Hand und führte ihn in die Gemächer des Oberküchenmeisters.
»Gnädiger Herr«, sprach dort der Zwerg und verbeugte sich so tief, daß er mit der Nase den Teppich auf dem Boden berührte. »Gnädiger Herr, braucht Ihr keinen geschickten Koch?«
Der Oberküchenmeister betrachtete ihn von Kopf bis Fuß, brach dann in lautes Lachen aus und sprach: »Wie, du willst ein Koch sein? Meinst du, unsere Herde seien so niedrig, daß du auf einen hinaufschauen kannst, auch wenn du dich auf die Zehen stellst und den Kopf aus deinen Schultern herausarbeitest? Oh, lieber Kleiner! Wer dich zu mir geschickt hat mit dem Rat, dich als Koch zu verdingen, der hat sich einen Spaß mit dir erlaubt.«
So sprach der Oberküchenmeister und lachte aus vollem Hals, und mit ihm lachten der Aufseher des Palastes und alle Diener, die im Zimmer waren.
Der Zwerg aber ließ sich nicht aus der Fassung bringen. »Was liegt an einem Ei oder zweien, an ein wenig Sirup und Wein, an

Mehl und Gewürzen in einem Haus, wo man genug davon hat?« fragte er. »Sagt mir, was für eine leckere Speise ich bereiten soll, und gebt mir, was ich dazu brauche. Ich werde sie vor Euren Augen kochen, und Ihr werdet sagen: Er ist ein Koch nach allen Regeln der Kunst!«

Das und noch vieles andere sagte der Kleine, und es war ein komischer Anblick, wie er dabei mit seinen kleinen Äuglein blinzelte, wie sich seine lange Nase hin und her schlängelte und wie seine dünnen Spinnenfinger die Rede unterstrichen.

»Nun gut«, rief der Küchenmeister und nahm den Aufseher des Palastes beim Arm. »Gut, sei es um des Spaßes willen. Gehen wir in die Küche!«

Sie gingen durch mehrere Säle und Gänge und kamen endlich in die Küche. Es war dies ein großes, weitläufiges Gebäude, herrlich eingerichtet. In zwanzig Herden brannte ständig Feuer, ein klares Wasser, das zugleich als Fischbehälter diente, floß mitten hindurch.

In Schränken aus Marmor und kostbarem Holz waren die Vorräte aufbewahrt, die man immer zur Hand haben mußte. Zur Rechten und Linken befanden sich zehn Säle, in denen alles gespeichert wurde, was man in allen Ländern von Frankistan bis zum Morgenland an Köstlichem und Leckerem für den Gaumen erfunden hatte. Küchenbedienstete aller Rangstufen liefen umher und rasselten und hantierten mit Kesseln und Pfannen, mit Gabeln und Schaumlöffeln. Als der Oberküchenmeister in die Küche trat, blieben sie alle regungslos stehen, und nur das Feuer hörte man noch knistern und das Bächlein plätschern.

»Was hat der Herr heute zum Frühstück befohlen?« fragte der Meister den ersten Frühstückmacher, einen alten Koch.

»Herr, er geruhte die dänische Suppe zu befehlen und dazu rote Hamburger Klößchen.«

»Gut«, sprach der Küchenmeister zu dem Zwerg. »Hast du gehört, was der Herr speisen will? Getraust du dich, diese schwierigen Speisen zuzubereiten? Die Klößchen wirst du wohl kaum zustande bringen. Das ist ein Geheimrezept.«

»Nichts leichter als das«, erwiderte zum allgemeinen Erstaunen der Zwerg. Er hatte diese Speisen als Eichhörnchen oft gemacht. »Nichts ist leichter! Gebt mir zu der Suppe die und die Kräuter, dies und jenes Gewürz, Fett von einem Wildschwein, Wurzeln und Eier. Zu den Klößchen aber«, sprach er leiser, so daß es nur der Küchenmeister und der Frühstückmacher hören konnten, »brauche ich mehrere Sorten Fleisch, etwas Wein, Entenschmalz, Ingwer und ein bestimmtes Kraut, das Magentrost heißt.«

»Ha, beim heiligen Benedikt, bei welchem Zauberer hast du gelernt?« rief der Koch staunend. »Alles hat er ganz genau gesagt, nur das Kräutlein Magentrost, das haben wir selbst nicht gewußt. Ja, das muß es noch besser machen. O du Wunder von einem Koch!«

»Das hätte ich nicht gedacht«, sagte der Oberküchenmeister. »Aber lassen wir ihn die Probe machen! Gebt ihm die Sachen, die er verlangt, Geschirr und alles, und laßt ihn das Frühstück bereiten!«

Man tat, wie befohlen, und stellte alles am Herd zurecht. Da zeigte es sich, daß der Zwerg kaum mit der Nase an den Herd reichen konnte. Man stellte daher rasch ein paar Stühle zusammen, legte eine Marmorplatte darüber und lud den kleinen Wundermann ein, mit seinem Kunststück zu beginnen. In einem großen Kreis standen die Köche, Küchenjungen und Diener um ihn herum. Sie sahen zu und staunten, wie ihm alles so rasch von den Händen ging, wie er alles sauber und gefällig zubereitete. Als er mit den Vorarbeiten fertig war, befahl er, beide Schüsseln aufs Feuer zu setzen und so lange kochen zu lassen, bis er rufen werde. Er fing nun an zu zählen: eins, zwei, drei und fort und fort. Als er bis fünfhundert gezählt hatte, rief er: »Halt!« Die Töpfe wurden vom Feuer genommen, und der Kleine lud den Küchenmeister ein zu kosten.

Der Mundkoch ließ sich vom Küchenjungen einen goldenen Löffel reichen, spülte ihn im Bach und überreichte ihn dem Oberküchenmeister. Dieser trat mit feierlicher Miene an den Herd, nahm von den Speisen, kostete, drückte die Augen zu, schnalzte vor Vergnügen mit der Zunge und sprach dann: »Köstlich! Bei des Herzogs Leben, köstlich! Wollt Ihr nicht auch ein Löffelchen zu Euch nehmen, Aufseher des Palastes?«

Dieser verbeugte sich, nahm den Löffel, versuchte und war vor Vergnügen außer sich. »Eure Kunst in Ehren, lieber Frühstückmacher, Ihr seid ein erfahrener Koch, aber so herrlich habt Ihr weder die Suppe noch die Hamburger Klöße je gemacht!«

Auch der Koch kostete jetzt, schüttelte dann dem Zwerg voll Ehrfurcht die Hand und sagte: »Kleiner! Du bist ein Meister der Kunst! Ja, das Kräutlein Magentrost, das gibt allem einen ganz eigenen Reiz.«

In diesem Augenblick kam der Kammerdiener des Herzogs in die Küche und meldete, daß der Herr das Frühstück verlange. Die Speisen wurden nun in silbernen Schüsseln angerichtet und zu dem Herzog geschickt. Der Oberküchenmeister aber nahm den Kleinen wieder in sein Zimmer und unterhielt sich mit ihm. Aber es dauerte nicht lange, da kam ein Bote und rief den Oberküchenmeister zum Herrn. Er zog schnell sein Festkleid an und folgte dem Boten.

Der Herzog sah sehr vergnügt aus. Er hatte alles, was in den silbernen Schüsseln gewesen war, aufgegessen und wischte sich eben den Bart ab, als der Oberküchenmeister eintrat. »Höre, Küchenmeister«, sprach er. »Ich bin mit deinen Köchen immer zufrieden gewesen, aber sag mir, wer hat heute mein Frühstück bereitet? So köstlich war es noch nie, seit ich auf dem Thron meiner Väter sitze. Sag mir, wie heißt der Koch. Ich möchte ihm einige Dukaten als Geschenk schicken.«

»Herr, das ist eine wunderbare Geschichte«, antwortete der Oberküchenmeister. Er erzählte, wie man ihm heute früh einen Zwerg gebracht hatte, der durchaus Koch werden wollte, und was sich seither alles zugetragen habe. Der Herzog war sehr verwundert. Er ließ den Zwerg rufen und fragte ihn, wer er sei und woher er komme. Das konnte der arme Jakob freilich nicht sagen. Wer hätte ihm geglaubt, daß er verzaubert gewesen war und früher als Eichhörnchen gedient hatte? Er blieb so weit bei der Wahrheit, daß er erzählte, er sei jetzt ohne Vater und Mutter und habe bei einer alten Frau kochen gelernt. Der Herzog fragte nicht weiter, sondern fand nur die sonderbare Gestalt seines neuen Kochs reichlich komisch.

»Willst du bei mir bleiben?« fragte er. »Du sollst jährlich vierzig Dukaten, ein Festkleid und überdies noch zwei Beinkleider bekommen. Dafür mußt du aber täglich mein Frühstück selber zubereiten, und du mußt angeben, wie mein Mittagessen gemacht werden soll, und dich überhaupt um meine Küche annehmen. Da jeder in meinem Palast von mir seinen Namen bekommt, so sollst du Nase heißen und die Würde eines Unterküchenmeisters bekleiden.«

Der Zwerg Nase fiel vor dem mächtigen Herzog nieder, küßte ihm die Füße und versprach, ihm treu zu dienen.

So war nun der Kleine fürs erste versorgt, und er machte seinem Amt Ehre. Der Herzog wurde ein ganz anderer Mann, seit sich der Zwerg Nase in seinem Haus aufhielt. Sonst hatte er oft die Schüsseln und Platten, die man ihm auftrug, den Köchen an den Kopf geworfen. Ja, selbst dem Oberküchenmeister hatte er einmal einen gebackenen Kalbsfuß, der nicht weich genug gewesen war, so heftig an die Stirne geschleudert, daß dieser umfiel und drei Tage im Bett liegen mußte. Der Herzog machte zwar seine Zornestat später mit einigen Händen voller Dukaten wieder gut, aber dennoch war nie ein Koch ohne Zittern und Zagen mit den Speisen zu ihm gekommen. Seit der Zwerg im Hause war, schien alles wie durch einen Zauber umgewandelt. Der Herr aß jetzt statt dreimal am Tag fünfmal, um sich an der Kunst seines kleinen Dieners ausgiebig zu laben, und dennoch sah man nie auch nur einen Anflug von Unmut in seiner Miene. Nein, er fand alles neu, vortrefflich, war leutselig und angenehm im Umgang und wurde von Tag zu Tag fetter.

Oft ließ er mitten unter dem Mahl den Küchenmeister und den Zwerg Nase rufen, setzte den einen links, den anderen rechts neben sich und schob ihnen mit eigener Hand einige Bissen von den köstlichsten Speisen in den Mund, eine Gnade, die beide wohl zu schätzen wußten.

Der Zwerg war das Wunder der Stadt. Man erbat sich flehentlich die Erlaubnis vom Oberküchenmeister, den Zwerg kochen zu sehen, und einige der vornehmsten Männer hatten es beim Herzog so weit gebracht, daß ihre Diener in der Küche beim Zwerg Unterrichtsstunden nehmen durften, was nicht wenig Geld eintrug. Jeder mußte täglich einen halben Dukaten zahlen. Um die übrigen Köche bei guter Laune zu erhalten und sie nicht neidisch zu machen, überließ ihnen Nase dieses Geld, das die Herren für die Ausbildung ihrer Köche zahlen mußten.

So lebte Zwerg Nase beinahe zwei Jahre. Es ging ihm äußerlich gut, er war sehr angesehen, und nur der Gedanke an seine Eltern betrübte ihn.

Eines Tages aber ereignete sich etwas Merkwürdiges. Der Zwerg Nase war besonders geschickt und glücklich bei seinen Einkäufen. Sooft es ihm die Zeit erlaubte, begab er sich selbst auf den Markt, um Geflügel und Früchte einzukaufen. Eines Morgens ging er auf den Gänsemarkt und suchte nach schweren, fetten Gänsen, wie sie sein Herr liebte. Er war schon einige Male auf und ab gegangen und hatte die Tiere gemustert. Seine Gestalt erregte hier weder Spott noch Gelächter, im Gegenteil, sie gebot Ehrfurcht. Man erkannte in ihm den berühmten Mundkoch des Herzogs, und jede Gänsefrau fühlte sich glücklich, wenn er ihr seine Nase zuwandte.

Da sah er am Ende einer Reihe in einer Ecke eine Frau sitzen, die auch Gänse feilhielt. Sie pries aber nicht wie die übrigen ihre Ware an und schrie nicht nach Käufern. Er trat zu ihr und maß und wog ihre Gänse. Sie waren, wie er sie wünschte, und er kaufte drei samt dem Käfig, lud sie auf seine breiten Schultern und trat den Rückweg an. Es kam ihm sonderbar vor, daß nur zwei Gänse schnatterten und schrien, wie es rechte Gänse zu tun pflegten. Die dritte saß still und in sich gekehrt da und seufzte und ächzte von Zeit zu Zeit wie ein Mensch.

»Die ist sicher krank«, sprach er vor sich hin. »Ich muß mich beeilen, daß ich sie rechtzeitig schlachte und zurichte.«
Da antwortete die Gans plötzlich laut und deutlich:

»Stichst du mich,
so beiß ich dich.
Drückst du mir die Kehle ab,
bring ich dich ins frühe Grab.«

Erschrocken setzte Zwerg Nase den Käfig nieder, und die Gans sah ihn mit schönen, klugen Augen an und seufzte.
»Ei der Tausend!« rief Nase. »Sie kann sprechen, Jungfer Gans? Das hätte ich nicht gedacht. Na, sei Sie nur nicht ängstlich! Man weiß, was man zu tun hat, und wird einem so seltenen Vogel nicht zu Leibe rücken. Aber ich möchte wetten, Sie ist nicht immer in Federn gewesen. Ich war ja selbst einmal ein kleines Eichhörnchen.«

»Du hast recht«, erwiderte die Gans, »wenn du sagst, ich sei nicht in dieser schmachvollen Hülle geboren worden. Ach, es wurde mir wirklich nicht an der Wiege gesungen, daß Mimi, des großen Wetterbocks Tochter, einmal in der Küche eines Herzogs ihr Leben lassen soll!«

»Sei doch ruhig, liebe Jungfer Mimi«, tröstete der Zwerg. »So wahr ich ein ehrlicher Kerl und Unterküchenmeister Seiner Durchlaucht bin, es soll Ihr keiner an die Kehle. Ich will Ihr in meinen eigenen Gemächern einen Stall aufstellen, Futter soll Sie genug haben, und meine Freizeit werde ich Ihrer Unterhaltung widmen. Den übrigen in der Küche werde ich sagen, daß ich eine Gans mit besonderen Kräutern für den Herzog mäste, und sobald sich eine Gelegenheit findet, lasse ich Sie frei.«

Die Gans dankte ihm unter Tränen. Der Zwerg hielt sein Versprechen. Er schlachtete die beiden anderen Gänse, für Mimi baute er aber einen eigenen Stall unter dem Vorwand, sie für den Herzog ganz besonders zuzurichten. Er gab ihr auch kein gewöhnliches Gänsefutter, sondern brachte ihr Backwerk und süße Speisen. Sooft er Zeit hatte, ging er zu ihr, unterhielt sich mit ihr und versuchte sie zu trösten. Sie erzählten sich gegenseitig ihre Geschichten, und Nase erfuhr, daß die Gans eine Tochter des Zauberers Wetterbock sei, der auf der Insel Gotland lebte. Er sei in Streit geraten mit einer alten Fee, die ihn durch Ränke und Listen überwunden und sie aus Rache in eine Gans verwandelt und weit weg bis hierher gebracht habe.

Als ihr Zwerg Nase auch seine Geschichte erzählt hatte, sagte sie: »Ich habe ein wenig Erfahrung in diesen Dingen. Mein Vater hat mir und meinen Schwestern einige Anleitungen gegeben, insoweit er uns etwas mitteilen durfte. Die Geschichte mit dem Streit am Kräuterkorb, deine plötzliche Verwandlung, als du an jenem Kräutlein gerochen hattest, auch einige Worte der Alten, die du mir erzählt hast, beweisen mir, daß du auf Kräuter verzaubert bist. Das heißt, daß du erlöst werden kannst, wenn du das Kraut findest, daß sich die Fee bei deiner Verzauberung gedacht hat.«

Das war für den Kleinen ein geringer Trost. Wo sollte er das Kraut finden? Trotzdem dankte er der verzauberten Gans und schöpfte ein wenig Hoffnung.

Um diese Zeit bekam der Herzog Besuch von einem benachbarten Fürsten, seinem Freund. Er ließ Zwerg Nase rufen und sagte: »Jetzt ist die Zeit gekommen, wo du mir zeigen mußt, ob du mir treu dienst und wirklich ein Meister deiner Kunst bist. Dieser Fürst, der bei mir zu Besuch ist, speist bekanntlich außer mir am besten und ist ein großer Kenner und Liebhaber einer feinen Küche. Sorge dafür, daß meine Tafel so versorgt wird, daß er täglich in Erstaunen gerät. Dabei darfst du keine Speise zweimal auf den Tisch bringen, sonst fällst du in Ungnade. Mein Schatzmeister soll dir alles an Geld geben, was du brauchst. Und wenn du Gold und Diamanten in Schmalz backen willst, so tue es! Ich will lieber ein armer Mann werden, als vor ihm erröten zu müssen!«

Der Zwerg verbeugte sich tief und antwortete: »Ja, Herr, es soll geschehen, wie du gesagt hast. So es Gott gefällt, werde ich alles so machen können, daß es diesem Fürsten des Geschmacks wohl gefällt.«

Der kleine Koch erinnerte sich nun an seine ganze Kunst. Er schonte die Schätze seines Herrn nicht, noch weniger aber sich selbst. Den ganzen Tag sah man ihn in eine Wolke von Rauch und Dunst eingehüllt, und seine Stimme hallte beständig durch die Küche. Er war der Herrscher über die Küchenjungen und die niedrigeren Köche.

Der fremde Fürst war nun schon vierzehn Tage bei dem Herzog und lebte herrlich und in Freuden. Sie speisten fünfmal am Tag, und der Herzog war mit der Kunst des Zwerges zufrieden, denn er sah die Zufriedenheit auf der Stirn seines Gastes. Am fünfzehnten Tag aber ließ der Herzog den Zwerg zur Tafel rufen. Er stellte ihn seinem Gast, dem Fürsten, vor und fragte diesen, wie er mit dem Zwerg zufrieden sei.

»Du bist ein wunderbarer Koch«, antwortete der fremde Fürst, »und weißt, was anständig essen heißt. Du hast in der ganzen Zeit, während ich hier bin, nicht eine einzige Speise wiederholt und alles vor-

trefflich zubereitet. Aber sage mir doch, warum bringst du nicht die Königin der Speisen, die Pastete Souzeraine, auf den Tisch?«
Der Zwerg war sehr erschrocken, denn er hatte von dieser Pastetenkönigin noch nie gehört. Aber er faßte sich schnell und antwortete: »O Herr! Ich hoffe, daß dein Angesicht noch lange an diesem Hof leuchtet, darum warte ich mit dieser Speise. Denn womit soll dich ein Koch am Tage deines Scheidens begrüßen als mit der Königin der Pasteten?«
»So?« entgegnete der Herzog lachend. »Und bei mir wolltest du wohl warten bis zu meinem Tod, um mich dann noch zu begrüßen? Denn auch mir hast du diese Pastete noch nie vorgesetzt. Doch denke dir etwas anderes zum Abschied aus. Morgen möchte ich die Pastete auf dem Tisch haben.«
»Es sei, wie du sagst, Herr!« antwortete der Zwerg und ging.
Er war nicht vergnügt. Der Tag seines Unglücks und seiner Schande war gekommen. Er wußte nicht, wie er die Pastete machen solle. Er ging daher in seine Kammer und weinte über sein Schicksal. Da trat die Gans Mimi, die in seinem Zimmer frei umhergehen konnte, zu ihm und fragte ihn nach der Ursache seines Kummers. »Hör auf zu weinen«, antwortete sie, als sie von der Pastete Souzeraine gehört hatte, »dieses Gericht kam oft auf den Tisch meines Vaters, und ich weiß ungefähr, was man dazu braucht. Du nimmst dies und jenes, so und so viel, und wenn es vielleicht nicht alles ist, was dazu gehört, die Herren werden schon keinen so feinen Geschmack haben.«
Der Zwerg sprang freudig auf, segnete den Tag, an dem er Mimi gekauft hatte, und schickte sich an, die Königin der Pasteten zuzurichten. Er machte zuerst einen kleinen Versuch, und es schmeckte vortrefflich. Der Oberküchenmeister, dem er davon zu kosten gab, pries aufs neue seine Kunst.
Am nächsten Tag machte er die Pastete in einer größeren Menge und schickte sie warm, wie sie aus dem Ofen kam, und mit Blumenkränzen verziert, zur Tafel. Er zog sein bestes Festkleid an und ging in den Speisesaal. Als er eintrat, war der Obervorschneider gerade

damit beschäftigt, die Pastete aufzuschneiden und dem Herzog und seinem Gast auf einer kleinen silbernen Schaufel die einzelnen Stücke zu servieren. Der Herzog biß tüchtig hinein, schlug die Augen zur Decke, schluckte und rief: »Ah! ah! ah! Mit Recht nennt man dies die Königin der Pasteten. Aber mein Zwerg ist auch der König aller Köche! Nicht wahr, lieber Freund?«

Der Gast nahm einige Bissen zu sich, kostete und prüfte aufmerksam. Er lächelte dabei geheimnisvoll und ein bißchen höhnisch. »Das Ding ist recht brav gemacht«, sagte er und schob seinen Teller weg, »aber die Souzeraine ist es doch nicht ganz. Das habe ich mir gedacht!«

Der Herzog runzelte voll Unmut die Stirne und errötete beschämt. »Hund von einem Zwerg«, rief er. »Wie wagst du es, deinem Herrn dies anzutun? Soll ich dir deinen großen Kopf abhacken lassen als Strafe für deine schlechte Kocherei?«

»Ach, Herr, um Himmels willen, ich habe das Gericht doch nach allen Regeln der Kunst zubereitet, es kann gewiß nichts fehlen!« sagte Nase zitternd.

»Du lügst, Bube!« erwiderte der Herzog und stieß ihn mit dem Fuß von sich. »Mein Gast hat gesagt, daß etwas fehlt. Ich werde dich zerhacken und in eine Pastete backen lassen!«

»Habt Mitleid«, rief der Kleine und rutschte auf den Knien zu dem Gast und umfaßte dessen Knie. »Sagt mir doch, was in dieser Speise fehlt, warum sie Euch nicht schmeckt? Laßt mich nicht sterben wegen einer Handvoll Fleisch und Mehl!«

»Das wird dir wenig helfen, mein lieber Nase«, antwortete der Fremde lachend. »Ich habe es mir schon gestern gedacht, daß du diese Speise nicht wie mein Koch machen kannst. Es fehlt ein Kräutlein, das man hierzulande gar nicht kennt. Es heißt ›Niesmitlust‹. Ohne das bleibt die Pastete ohne Würze, und dein Herr wird sie nie so vollkommen zubereitet essen können wie ich.«

Da geriet der Herrscher von Frankistan in Wut. »Und ich werde sie essen«, rief er mit funkelnden Augen. »Ich schwöre auf meine fürstliche Ehre: Entweder bekommt Ihr morgen die Pastete wie Ihr sie verlangt – oder der Kopf dieses Burschen wird auf dem Tor meines Palastes aufgespießt. Geh, du Hund! Du hast noch einmal vierundzwanzig Stunden Zeit.«

Nach diesen Worten des Herzogs ging der Zwerg weinend in seine Kammer und klagte der Gans sein Schicksal. Er sagte ihr, daß er sterben müsse, denn er habe von diesem Kraut noch nie gehört.

»Wenn es nur das ist«, antwortete sie, »da kann ich dir helfen. Mein Vater lehrte mich, alle Kräuter zu unterscheiden. Zu einer anderen Zeit hättest du sicher sterben müssen, aber jetzt ist Neumond, und glücklicherweise blüht um diese Zeit das Kräutlein. Sag mir nur noch, gibt es in der Nähe des Palastes alte Kastanienbäume?«

»O ja!« erwiderte Nase erleichtert. »Am See, zweihundert Schritte vom Haus entfernt, steht eine ganze Gruppe, aber warum fragst du?«

»Nur am Fuß alter Kastanien kann man dieses Kräutlein finden«, antwortete Mimi. »Laß uns keine Zeit verlieren. Wir müssen suchen. Nimm mich auf deinen Arm und setze mich im Freien nieder, ich werde dir suchen helfen.«

Er nahm sie und ging an die Pforte des Palastes. Der Türhüter streckte aber sein Gewehr vor und sagte: »Mein guter Nase, mit dir ist's vorbei. Ich habe den strengsten Befehl, dich nicht aus dem Haus zu lassen.«

»Aber ich darf doch in den Garten gehen?« fragte der Zwerg. »Bitte, schicke doch einen deiner Untergebenen zum Aufseher des Palastes und laß anfragen, ob ich im Garten nach Kräutern suchen darf.«

Der Türhüter tat das, und es wurde erlaubt. Der Garten hatte hohe Mauern, und es war an kein Entkommen zu denken. Als Nase mit der Gans Mimi im Freien war, setzte er sie behutsam nieder. Sie lief schnell vor ihm her zum See, wo die Kastanien standen. Er folgte ihr mit bangem Herzen. Es war seine letzte, seine einzige Hoffnung. Wenn sie das Kräutlein nicht finden sollten, stand sein Entschluß fest. Er wollte sich lieber in den See stürzen, als sich köpfen zu lassen. Die Gans suchte vergebens, sie lief unter den Kastanien umher, sie wandte mit ihrem Schnabel jedes Gräschen um, sie fand nichts. Aus Mitleid und Angst fing sie schließlich zu weinen an. Der Abend wurde immer dunkler, und die Gegenstände wurden immer schwerer zu erkennen.

Da schweiften die Augen des Zwerges über den See hin, und plötzlich rief er: »Schau, dort jenseits des Sees steht noch ein großer Baum. Suchen wir dort, vielleicht blüht dort mein Glück.«

Die Gans hüpfte und flog voran, und er folgte ihr, so schnell es seine kleinen Beine vermochten. Der Kastanienbaum warf einen weiten Schatten, und es war so dunkel, daß man fast nichts mehr erkennen konnte. Da blieb die Gans plötzlich stehen und schlug freudig mit den Flügeln. Sie fuhr mit dem Kopf ins hohe Gras und pflückte etwas ab, das sie dem erstaunten Nase mit dem Schnabel überreichte: »Das ist das Kräutlein, und hier wächst eine Menge davon, so daß du auch in Zukunft reichlich davon haben wirst.«

Der Zwerg betrachtete nachdenklich das Kraut. Ein süßer Duft strömte ihm entgegen, der ihn an die Szene seiner Verwandlung erinnerte: Die Stengel und die Blätter waren bläulichgrün, die Blüte war brennend rot mit einem gelben Rand.

»Gelobt sei Gott!« rief er endlich aus. »Welch ein Wunder! Ich glaube, es ist dasselbe Kraut, das mich aus einem Eichhörnchen in diese gräßliche Gestalt verwandelt hat. Soll ich einmal einen weiteren Versuch machen?«

»Noch nicht«, bat die Gans. »Nimm von diesem Kraut eine Handvoll mit dir, laß uns auf dein Zimmer gehen und dein Geld, und was du sonst noch hast, zusammenraffen, und dann wollen wir die Kraft des Krautes versuchen!«

Sie gingen auf seine Kammer zurück. Das Herz des Zwerges pochte hörbar vor Erwartung. Nachdem er fünfzig oder sechzig Dukaten, die er sich erspart hatte, und einige Kleider und Schuhe in ein Bündel geknüpft hatte, sprach er: »Wenn es Gott gefällt, werde ich diese Bürde nun loswerden.« Er steckte seine Nase tief in die Kräuter und sog ihren Duft ein.

Da zog und knackte es in all seinen Gliedern, er fühlte, wie sich sein Kopf aus den Schultern hob. Er schielte auf seine Nase hinunter und sah sie kleiner werden. Sein Rücken und seine Brust fingen an, sich zu ebnen. Seine Beine wurden länger.

Die Gans sah ihn erstaunt an: »Wie bist du groß und schön!« rief sie. »Gott sei es gedankt, es ist nichts mehr von deinem früheren Aussehen vorhanden!«

Jakob freute sich sehr, und er faltete seine Hände zu einem Gebet. Aber er vergaß nicht, welchen Dank er der Gans Mimi schuldete. Es drängte ihn zwar, sofort zu seinen Eltern zu laufen, aber er unterdrückte aus Dankbarkeit seinen Wunsch und sagte: »Wem habe ich es außer dir zu danken, daß ich mir selbst wiedergeschenkt bin? Ohne dich hätte ich dieses Kraut nie gefunden. Ich hätte ewig in dieser Gestalt bleiben müssen und wäre wahrscheinlich unter dem Beil des Henkers gestorben. Ich will es dir vergelten. Ich werde dich zu deinem Vater bringen. Er ist doch in aller Zauberei erfahren, er wird dich wieder entzaubern können.«

Die Gans vergoß Freudentränen und nahm sein Angebot an. Jakob kam glücklich und unerkannt mit der Gans aus dem Palast und machte sich auf den Weg zu dem Meeresstrand, zu Mimis Heimat.

Sie vollendeten glücklich ihre Reise. Der Wetterbock konnte Mimi entzaubern. Jakob kam mit Geschenken beladen wieder in seine Heimatstadt zurück, und seine Eltern erkannten in dem schönen jungen Mann ihren verlorenen Sohn wieder. Er war durch die Geschenke des Wetterbocks reich geworden und kaufte sich einen Laden, in dem er sehr glücklich wurde.

Es muß noch erzählt werden, daß nach Jakobs Flucht aus dem Palast des Herzogs eine große Unruhe entstanden war. Als der Herzog am nächsten Tag seinen Schwur erfüllen und dem Zwerg, sollte er die Kräuter nicht gefunden haben, den Kopf abschlagen lassen wollte, da war dieser nirgends zu finden. Der Fürst behauptete, der Herzog habe ihn heimlich entkommen lassen, um sich nicht seines besten Koches zu berauben, und warf ihm vor, daß er sein Wort gebrochen habe. Das ließ sich der Herzog nicht ohne weiteres gefallen, und es entstand ein großer Krieg zwischen den beiden, der unter dem Namen »Kräuterkrieg« in die Geschichte einging. Es wurden viele Schlachten geschlagen, aber am Ende machten sie doch Frieden. Und diesen Frieden nennt man den »Pastetenfrieden«, weil beim Versöhnungsfest durch den Koch des Fürsten die Souzeraine, die Königin der Pasteten, zubereitet wurde, die sich der Herzog vortrefflich schmecken ließ.

Die Geschichte Almansors

Almansors Vater war ein vornehmer Mann in einer ägyptischen Stadt. Almansor verlebte die Tage seiner Kindheit vergnügt und froh. Er war umgeben von dem Glanz des Reichtums, der seiner Familie ein Höchstmaß an Bequemlichkeit erlaubte. Aber er wurde nicht – wie viele reiche Söhne – verweichlicht erzogen. Schon bald begann man mit seiner geistigen Bildung, denn sein Vater war ein weiser Mann. Überdies hatte er einen berühmten Gelehrten zum Lehrer, der ihn in allem unterrichtete, was ein junger Mensch wissen soll. Almansor war etwa zehn Jahre alt, als die Franken über das Meer ins Land kamen und Krieg mit seinem Volk führten.
Der Vater des Knaben muß den Franken ganz besonders ungünstig gesinnt gewesen sein, denn eines Tages, als er eben zum Morgengebet gehen wollte, kamen sie und verlangten seine Frau als Geisel für seine treue Gesinnung gegen das Frankenvolk. Als er dies ablehnte, ergriffen sie seinen Sohn und schleppten ihn mit Gewalt in ihr Lager.
Dem jungen Almansor ging es im fränkischen Lager gut. Einer der Feldherren nahm sich seiner an. Er hatte viel Freude an den klugen Antworten des Knaben, die ihm ein Dolmetscher übersetzen mußte.

Er sorgte dafür, daß es ihm weder an Speisen noch an Kleidung fehlte. Aber der Knabe war doch nicht glücklich. Er sehnte sich nach Vater und Mutter. Er weinte viele Tage lang, aber seine Tränen rührten diese Männer nicht. Das Lager wurde abgebrochen, und Almansor glaubte, jetzt wieder nach Hause zurückkehren zu dürfen. Aber es war nicht so. Das Heer zog hin und her. Sie führten Krieg mit den Mamelucken, und den jungen Almansor schleppten sie immer mit sich. Wenn er die Hauptleute und Feldherren anflehte, sie sollten ihn doch heimkehren lassen, wurde er immer wieder abgewiesen. Sie erklärten ihm, daß er ein Unterpfand für die Treue seines Vaters sei. So war er viele Tage lang unterwegs.

Auf einmal aber entstand eine Bewegung im Heer, die dem Knaben nicht entging. Man sprach vom Einpacken, sich Zurückziehen, vom Einschiffen, und Almansor war außer sich vor Freude. Wenn die Franken in ihr Land zurückzogen, mußten sie ihn endlich freilassen. Man zog mit Roß und Wagen zur Küste. Endlich sah man die Schiffe vor Anker liegen. Die Soldaten schifften sich ein. Es wurde Nacht, bevor auch nur ein kleiner Teil eingeschifft war. Almansor wollte wach bleiben, weil er glaubte, jeden Augenblick müsse die Stunde kommen, wo er freigelassen würde. Aber er verfiel doch in einen tiefen Schlaf. Er glaubte später, die Franken hätten ihm etwas in das Wasser gegeben, um ihn einzuschläfern. Als er aufwachte, schien der helle Tag in seine Kammer. Er befand sich in einem anderen Raum als am Abend zuvor. Er sprang von seinem Lager auf, aber als er seine Füße auf den Boden brachte, fiel er plötzlich um. Der Boden unter ihm schwankte hin und her, und es schien sich alles zu bewegen und im Kreis um ihn her zu tanzen. Er raffte sich auf, hielt sich an den Wänden fest, um aus dem Gemach zu kommen, in dem er geschlafen hatte. Ein sonderbares Brausen und Zischen war um ihn her. Er wußte nicht, ob er träume oder wache. Er hatte noch nie etwas Ähnliches gesehen oder gehört. Endlich erreichte er eine kleine Treppe. Mit Mühe kletterte er hinauf, und da befiel ihn ein großer Schrecken. Ringsumher war nichts als Himmel und Meer, er befand sich auf einem Schiff. Er fing

kläglich zu weinen an. Er wollte nach Hause zurück, er wollte sich ins Meer stürzen und nach seiner Heimat zurückschwimmen.
Aber die Franken hielten ihn fest. Einer der Befehlshaber ließ ihn zu sich kommen und redete ihm gut zu. Wenn er sich gut aufführe, sollte er bald wieder in seine Heimat zurückgebracht werden, so versprach er. Er erzählte ihm, daß es nicht mehr möglich gewesen sei, ihn vom Land aus nach Hause zu bringen. Wenn man ihn aber im Hafen zurückgelassen hätte, wäre er elend umgekommen.
Aber die Franken hielten nicht Wort. Das Schiff segelte viele Tage lang weiter, und als sie endlich landeten, war es nicht an Ägyptens Küste sondern in Frankistan. Almansor hatte während der langen Fahrt und schon vorher im Lager einiges von der Sprache der Franken verstehen und reden gelernt. Das kam ihm nun in diesem Land, in dem niemand seine Sprache kannte, sehr zustatten. Er wurde viele Tage lang durch das Land in das Innere geführt, und überall strömte das Volk zusammen, um ihn zu sehen. Seine Begleiter sagten, er sei der Sohn des Königs von Ägypten, der ihn zu seiner Ausbildung nach Frankistan geschickt habe. Die Soldaten sagten das aber nur, damit das Volk glauben solle, sie hätten Ägypten besiegt und mit dem Land Frieden geschlossen. Nachdem die Reise zu Land mehrere Tage gedauert hatte, kamen sie in eine große Stadt, dem Ziel ihrer Reise. Dort wurde Almansor einem Arzt übergeben, der ihn in sein Haus nahm und in allen Sitten und Gebräuchen von Frankistan unterwies.
Als erstes mußte er fränkische Kleider anlegen, die sehr eng und knapp waren und bei weitem nicht so schön wie seine ägyptischen. Dann wurde er angewiesen, keine Verbeugungen mit gekreuzten Armen mehr zu machen. Wenn er jemandem seine Ehrerbietung bezeugen wollte, mußte er mit der einen Hand die ungeheure Mütze aus schwarzem Filz, die hier alle Männer trugen und die man ihm auch aufgesetzt hatte, vom Kopf reißen, mit der anderen Hand mußte er zur Seite fahren und mit dem rechten Fuß einen Kratzfuß machen. Er durfte auch nicht mehr mit gekreuzten Beinen sitzen, wie es im Morgenlande Sitte ist. Er mußte auf hochbeinigen Stühlen

Platz nehmen und die Füße auf den Boden herabhängen lassen. Das Essen machte ihm auch ziemliche Schwierigkeiten. Alles was er zu seinem Mund führen wollte, mußte er zuerst auf eine Gabel aus Eisen stecken.

Der Doktor war ein strenger, böser Mann, der den Knaben quälte. Wenn er sich einmal vergaß und zu einem Gast »Salem aleikum« sagte, schlug er ihn hart mit dem Stock. Denn er sollte eigentlich »Votre serviteur!« sagen. Er durfte auch nicht mehr in seiner Sprache denken, sprechen oder schreiben, er durfte allerhöchstens in ihr träumen. Er hätte vielleicht seine Sprache gänzlich verlernt, wenn nicht ein Mann in jener Stadt gelebt hätte, der ihm von großem Nutzen war.

Es war dies ein alter, aber sehr gelehrter Mann, der viele morgenländische Sprachen verstand. Arabisch, Persisch, Koptisch und sogar Chinesisch kannte er, von jedem etwas. Er galt in jenem Land als Wunder an Gelehrsamkeit, und er verdiente viel Geld dadurch,

daß er anderen Leuten diese Sprachen lehrte. Dieser Mann ließ nun Almansor jede Woche einige Male zu sich kommen, bewirtete ihn mit seltenen Früchten, und dem Jüngling kam es dann beinahe so vor, als ob er zu Hause wäre. Der Alte war ein sehr sonderbarer Mann. Er hatte für Almansor Kleider machen lassen, wie sie vornehme Leute in Ägypten tragen. Diese Kleider bewahrte er in einem besonderen Zimmer in seinem Haus auf. Sobald Almansor kam, wurde er mit einem Bedienten in jenes Zimmer geschickt und nach Landessitte angekleidet. In diesen Gewändern ging er dann nach »Kleinarabien«, wie man einen Saal im Hause des Gelehrten nannte.

Dieser Raum war mit künstlich gezogenen Bäumen, wie Palmen, Bambus, jungen Zedern und mit Blumen geschmückt, die nur im Morgenland wachsen. Auf dem Fußboden lagen persische Teppiche, und an den Wänden waren Polster, nirgends fand man einen fränkischen Stuhl oder einen Tisch. Der alte Professor saß auf einem

Polster, und er sah ganz anders aus als gewöhnlich. Er hatte einen feinen türkischen Schal als Turban um den Kopf gewunden, ein grauer Bart war um sein Kinn geknüpft, der ihm bis zum Gürtel reichte und aussah wie der natürliche, ehrwürdige Bart eines gewichtigen Mannes. Dazu trug er einen Talar, den er sich aus einem Brokatschlafrock hatte machen lassen, weite türkische Beinkleider, gelbe Pantoffeln, und so friedlich er sonst war, an diesen Tagen hatte er einen türkischen Säbel umgeschnallt. In seinem Gürtel steckte ein Dolch, der mit falschen Steinen besetzt war. Er rauchte aus einer zwei Ellen langen Pfeife und ließ sich von seinen Leuten bedienen, die persisch gekleidet waren. Manche hatten auch Gesicht und Hände schwarz gefärbt.

Am Anfang kam dem jungen Almansor dies alles ziemlich eigenartig vor, aber bald sah er ein, daß diese Stunden, wenn er den Gedankengängen des Alten folgte, für ihn sehr nützlich waren. Wenn er beim Doktor kein ägyptisches Wort sagen durfte, so war es hier umgekehrt. Er durfte hier kein fränkisches Wort über die Lippen bringen. Almansor mußte bei seinem Eintreten den Friedensgruß sprechen, den der Alte sehr feierlich erwiderte. Dann winkte er dem Jüngling, sich neben ihn zu setzen, und begann persisch, arabisch, koptisch und alle Sprachen gemischt zu sprechen. Er nannte das eine gelehrte morgenländische Unterhaltung. Neben ihm stand ein Bedienter oder, was seine Leute an diesen Tagen spielten, ein Sklave, der ein großes Buch hielt. Das Buch war ein Wörterbuch. Wenn dem Alten die Worte ausgingen, winkte er dem Sklaven, schlug flugs auf, was er sagen wollte, und fuhr dann zu sprechen fort.

Die Sklaven brachten später in türkischem Geschirr Sorbet und dergleichen.

Wenn Almansor dem Alten eine ganz große Freude machen wollte, dann sagte er, bei ihm sei alles wie im Morgenland angeordnet. Almansor las sehr schön Persisch, und daraus zog der Alte seinen hauptsächlichen Gewinn. Er hatte viele persische Manuskripte. Aus diesen ließ er den Jüngling vorlesen. Er las aufmerksam nach und merkte sich die richtige Aussprache.

Das waren die Freudentage des armen Almansor. Nach jedem Besuch bekam er von dem Professor ein Geschenk. Oft erhielt er kostbare Gaben, Geld oder Leinenzeug oder andere notwendige Dinge, die ihm der Doktor nicht kaufen wollte.

So lebte Almansor einige Jahre in der Hauptstadt des Frankenlandes, aber seine Sehnsucht nach der Heimat wurde nie geringer. Als er etwa fünfzehn Jahre alt war, ereignete sich etwas, was auf sein Schicksal großen Einfluß haben sollte.

Die Franken wählten ihren ersten Feldherrn – es war derselbe Mann, mit dem Almansor in Ägypten so oft gesprochen hatte – zu ihrem König und Herrscher. Almansor erkannte zwar an den großen Festlichkeiten, daß etwas Besonderes in der Stadt vor sich ging. Aber er konnte nicht ahnen, daß dieser König derselbe Feldherr war, den er in Ägypten kennengelernt hatte, als jener noch ein sehr junger Mann gewesen war.

Eines Tages ging Almansor über eine jener Brücken, die über den breiten Fluß führten, der die Stadt durchströmte. Da gewahrte er in dem einfachen Kleid eines Soldaten einen Mann, der am Brückengeländer lehnte und in die Wellen sah. Die Züge des Mannes fielen ihm auf, und er erinnerte sich, ihn schon gesehen zu haben. Er überlegte also schnell, und bald fiel ihm ein, daß dieser Mann jener Feldherr der Franken sein müsse, mit dem er oft im Lager gesprochen hatte und der immer sehr gütig zu ihm gewesen war. Er wußte seinen Namen nicht mehr. Er faßte sich aber ein Herz, trat auf ihn zu und nannte ihn, wie ihn die Soldaten unter sich genannt hatten. Er kreuzte nach seiner Landessitte die Arme über der Brust und sagte: »Salem aleikum, Petit Corporal!«

Der Mann sah sich erstaunt um. Er blickte den jungen Mann prüfend an, dachte eine Weile nach und antwortete dann: »Himmel, ist es möglich! Du hier, Almansor? Was macht dein Vater? Wie geht es in Ägypten? Was führt dich zu uns hierher?«

Da konnte sich Almansor nicht länger beherrschen. Er fing bitterlich zu weinen an und sagte zu dem Mann: »Du weißt also nicht, was die Hunde, deine Landsleute, mit mir gemacht haben, Petit Corporal? Du weißt nicht, daß ich seit vielen Jahren das Land meiner Väter nicht mehr gesehen habe?«

»Ich will nicht hoffen«, erwiderte der Mann, und seine Stirne wurde finster, »ich will nicht hoffen, daß man dich mitgeschleppt hat.«

»Doch«, antwortete Almansor. »An jenem Tage, an dem sich eure Soldaten einschifften, sah ich mein Vaterland zum letzten Male. Sie nahmen mich mit, und ein Hauptmann, den mein Elend rührte, zahlt Kostgeld für mich bei einem verwünschten Doktor, der mich schlägt und halb vor Hunger sterben läßt. Aber höre, Petit Corporal«, fuhr er treuherzig fort, »es ist gut, daß ich dich hier traf, du mußt mir helfen.«

Der Mann lächelte und fragte, wie er denn helfen solle.

»Siehe«, sprach Almansor, »ich dürfte eigentlich nichts von dir verlangen, denn du warst von Anfang an so gütig gegen mich. Aber ich weiß auch, daß du ein armer Mensch bist. Auch wenn du Feldherr warst, du gingst nie so schön gekleidet wie die anderen. Und

du mußt auch jetzt, nach deinem Rock und deiner Mütze zu urteilen, nicht in den besten Verhältnissen leben. Aber die Franken haben doch vor kurzem einen Sultan gewählt. Und ohne Zweifel kennst du einige Leute, die sich ihm nahen dürfen, etwa seinen Janitscharen-Aga oder den Reis-Effendi oder seinen Kapudan-Pascha, nicht?«

»Nun ja«, antwortete der Mann, »aber was weiter?«

»Bei diesen könntest du ein gutes Wort für mich einlegen, Petit Corporal, damit sie den Sultan der Franken bitten, er solle mich freilassen. Dann brauche ich noch etwas Geld zur Reise übers Meer. Und du mußt mir vor allem versprechen, weder dem Doktor noch dem arabischen Professor etwas davon zu verraten.«

»Wer ist denn der arabische Professor?«

»Ach, das ist ein sonderbarer Mann. Von dem erzähle ich dir ein anderes Mal. Wenn es die beiden erführen, dürfte ich nicht aus Frankistan weg. Willst du für mich bei den Agas sprechen? Sag es mir aufrichtig!«

»Komm mit mir«, sagte der Mann. »Vielleicht kann ich dir gleich jetzt helfen.«

»Jetzt?« rief der Jüngling voller Schreck. »Jetzt geht es um keinen Preis. Der Doktor würde mich prügeln. Ich muß mich beeilen, damit ich noch rechtzeitig nach Hause komme.«

»Was hast du denn in diesem Korb?« fragte der Mann und hielt ihn zurück.

Almansor errötete und wollte es zuerst nicht zeigen. Schließlich aber sagte er: »Siehe, Petit Corporal, ich muß hier Dienste tun wie der geringste Sklave meines Vaters. Der Doktor ist ein geiziger Mann und schickt mich jeden Tag auf den Gemüse- und Fischmarkt, der von unserem Haus eine Stunde weit entfernt liegt. Dort muß ich dann bei den schmutzigen Marktweibern einkaufen, weil es um einige Kupfermünzen billiger ist als in unserem Stadtteil. Schau, wegen dieses schlechten Herings, wegen dieser Handvoll Salat, wegen dieses Stückchens Butter muß ich alle Tage zwei Stunden gehen. Ach, wenn das mein Vater wüßte!«

Dem Mann tat der Knabe sehr leid, und deshalb sagte er zu ihm: »Komm nur mit mir und mach dir keine Sorgen. Der Doktor soll dir nichts anhaben dürfen, auch wenn er heute weder seinen Hering noch seinen Salat verspeisen kann! Du brauchst keine Angst zu haben, komm!«

Er nahm Almansor bei der Hand und führte ihn mit sich, und obgleich diesem das Herz ängstlich schlug, wenn er an den Doktor dachte, so lag doch in den Worten und in der Miene des Mannes so viel Zuversicht, daß er bereit war, ihm zu folgen. Er ging also, seinen Korb am Arm, neben dem Soldaten durch viele Straßen, und es kam ihm wunderbar vor, daß alle Leute die Hüte vor ihnen abnahmen, stehenblieben und ihnen nachschauten. Er sagte das auch seinem Begleiter, dieser aber lachte nur.

Schließlich gelangten sie zu einem prächtigen Schloß. Der Mann ging auf den Eingang zu. »Wohnst du hier, Petit Corporal?« fragte Almansor.

»Ja«, entgegnete dieser, »ich will dich zu meiner Frau führen.«

»Du wohnst aber wirklich schön!« fuhr Almansor fort. »Gewiß hat dir der Sultan hier freie Wohnung gegeben?«

»Du hast recht, diese Wohnung habe ich vom Kaiser«, antwortete sein Begleiter und führte ihn ins Schloß. Sie stiegen eine breite Treppe hinauf, und in einem schönen Saal mußte Almansor seinen Korb absetzen. Dann trat der Mann mit ihm in ein prachtvolles Gemach, wo eine Frau auf einem Diwan saß. Der Mann sprach mit ihr in einer fremden Sprache, worauf sie beide lachten. Dann fragte die Frau auf fränkisch Almansor vieles über Ägypten. Endlich sagte Petit Corporal zu dem Jüngling: »Weißt du, was das beste sein wird? Ich werde dich gleich zu dem Kaiser führen und bei ihm für dich sprechen.«

Almansor erschrak sehr. Aber er dachte an sein Elend und an seine Heimat. »Dem Unglücklichen«, sagte er, »dem Unglücklichen verleiht Allah Mut in der Stunde der Not. Er wird auch mich armen Knaben nicht verlassen. Ich will es tun, ich will zu ihm gehen. Aber sage mir, Petit Corporal, muß ich vor ihm niederfallen? Muß ich den Boden mit der Stirn berühren? Was muß ich tun?«

Die beiden lachten wieder und versicherten ihm, das alles sei nicht nötig.

»Sieht er schrecklich und majestätisch aus?« fragte er weiter. »Hat er einen langen Bart? Hat er feurige Augen? Sag, wie sieht er aus?«

Sein Begleiter lachte wieder und sagte dann: »Ich will ihn dir lieber gar nicht näher beschreiben, Almansor, du sollst selber erraten, welcher von den Männern er ist. Ich will dir nur ein Kennzeichen verraten: Alle im Saal des Kaisers werden bei seinem Erscheinen die Hüte ehrerbietig vom Kopf nehmen. Der aber, der den Hut aufbehält, der ist es.«

Nach diesen Worten nahm er Almansor bei der Hand und ging mit ihm in den Saal des Kaisers. Je näher sie kamen, desto lauter pochte

Almansors Herz, und die Knie fingen ihm zu zittern an, als sie vor der Tür angelangt waren. Ein Bedienter öffnete die Tür, und da standen in einem Halbkreis mindestens dreißig Männer, alle prächtig gekleidet und mit Gold und Sternen übersät, wie es Sitte ist im Land der Franken bei den vornehmsten Agas und Bassas der Könige. Almansor dachte, sein Begleiter, der so unscheinbar gekleidet war, müsse unter diesen einer der Geringsten sein. Sie entblößten alle ihre Häupter, und Almansor fing nun an, nach dem zu suchen, der den Hut auf dem Kopf behielt. Dieser mußte der Kaiser sein. Aber er suchte vergeblich. Alle hatten den Hut in der Hand, der Kaiser mußte also nicht unter ihnen sein. Da fiel sein Blick zufällig auf seinen Begleiter und – der hatte den Hut auf dem Kopf.

Der Jüngling war erstaunt, betroffen. Er sah seinen Begleiter lange an und sagte dann, indem er seinen Hut abnahm: »Salem aleikum, Petit Corporal! Soviel ich weiß, bin ich nicht der Sultan der Franken, also kommt es mir nicht zu, meinen Hut auf dem Kopf zu belassen. Doch du trägst einen Hut, Petit Corporal, bist du der Kaiser?«

»Du hast's erraten«, antwortete jener. »Und außerdem bin ich dein Freund. Laste dein Unglück nicht mir, sondern einer unglücklichen Verwirrung der Umstände an, und sei versichert, daß du mit dem nächsten Schiff in dein Vaterland zurücksegelst. Geh wieder zu meiner Frau, erzähle ihr vom arabischen Professor und was du weißt. Die Heringe und den Salat werde ich dem Doktor schicken. Du sollst bis zu deiner Abreise im Palast bleiben.«

So sprach der Mann, der Kaiser war. Almansor fiel vor ihm nieder, küßte seine Hand und bat um Verzeihung, daß er ihn nicht erkannt hatte. Er habe es ihm nicht angesehen, daß er der Kaiser sei.

»Du hast recht«, lachte jener, »wenn man erst wenige Tage Kaiser ist, steht es einem noch nicht auf der Stirne geschrieben.« Und er bedeutete Almansor, sich zu entfernen.

Seit diesem Tag lebte Almansor glücklich und in Freuden.

Den arabischen Professor, von dem er dem Kaiser erzählte, durfte er noch ein paarmal besuchen. Den Doktor aber sah er nicht mehr. Nach einigen Wochen ließ ihn der Kaiser zu sich rufen und kündigte ihm an, daß ein Schiff im Hafen liege, mit dem er ihn nach Ägypten senden wolle. Almansor war überglücklich. Die wenigen Tage reichten gerade, um ihn auszurüsten, und mit einem Herzen voll Dankes und mit Schätzen und Geschenken reich beladen, reiste er ans Meer und schiffte sich ein.

Aber Allah wollte ihn noch länger prüfen, er wollte seinen Mut im Unglück noch länger stählen und ließ ihn die Küste seiner Heimat noch nicht sehen.

Ein anderes fränkisches Volk, die Engländer, führten damals zur See Krieg mit dem Kaiser. Sie nahmen ihm alle Schiffe weg, die sie besiegen konnten, und so kam es, daß am sechsten Tag der Reise das Schiff, auf dem sich Almansor befand, von englischen Schiffen umschlossen und beschossen wurde. Es mußte sich ergeben, und die Mannschaft wurde auf ein kleineres Schiff gebracht, das mit den anderen weitersegelte. Doch auf See ist es genauso unsicher wie in der Wüste, wo unversehens Räuber Karawanen überfallen und die Leute totschlagen, um zu plündern. Ein Kaper aus Tunis überfiel das kleine Schiff, das der Sturm von den größeren Schiffen getrennt hatte. Es wurde genommen, die Mannschaft nach Algier gebracht und verkauft.

Almansors Sklaverei war zwar nicht so hart wie die der Christen, da er ja ein rechtgläubiger Muselmann war, aber doch schwand jegliche Hoffnung für ihn, die Heimat und den Vater wiederzusehen. Er lebte fünf Jahre bei einem reichen Mann. Er mußte Blumen gießen und sich um den Garten kümmern. Da starb der reiche Mann ohne nahe Erben, seine Besitzungen wurden zerrissen, seine Sklaven verteilt, und Almansor fiel in die Hände eines Sklavenhändlers. Dieser war gerade dabei, ein Schiff auszurüsten, um seine Sklaven anderswo teurer zu verkaufen.

Doch nach der Landung geschah das lang ersehnte Wunder Allahs. Es war die Küste seines Vaterlandes, an der er aus dem Boot stieg. Es war der Markt seiner Vaterstadt, an dem er öffentlich angeboten wurde, und – um es kurz zu machen – es war sein eigener, sein teurer Vater, der ihn kaufte!

Das Wirtshaus im Spessart

Vor vielen Jahren, als die Wege im Spessart noch schlecht waren und nicht so häufig wie jetzt befahren wurden, zogen zwei junge Burschen durch diesen Wald. Der eine mochte achtzehn Jahre alt sein, und es war ein Zirkelschmied. Der andere, ein Goldschmied, war, nach seinem Aussehen zu schließen, wohl noch keine achtzehn Jahre alt und trat seine erste Reise in die Welt an. Der Abend war schon angebrochen, und die Schatten der riesengroßen Fichten und Buchen verfinsterten den schmalen Weg, auf dem die beiden wanderten. Der Zirkelschmied schritt wacker vorwärts und pfiff ein Lied. Er schwatzte zuweilen auch mit Munter, seinem Hund, und schien sich nicht so sehr darum zu kümmern, daß die Nacht nahte und die nächste Herberge noch weit war. Aber Felix, der Goldarbeiter, sah sich oft ängstlich um. Wenn der Wind durch die Blätter rauschte, schien es ihm, als höre er Tritte hinter sich; wenn das Gesträuch am Weg hin und her wankte und sich teilte, so glaubte er, Gesichter hinter den Büschen lauern zu sehen.

Der junge Goldschmied war sonst nicht abergläubisch oder feige.

In Würzburg, wo er gelernt hatte, galt er unter seinen Kameraden als ein unerschrockener Bursche, dem das Herz am rechten Fleck saß. Aber heute war ihm doch sonderbar zumute. Man hatte ihm vom Spessart so mancherlei erzählt. Eine große Räuberbande solle dort ihr Unwesen treiben, viele Reisende seien in den letzten Wochen ausgeplündert worden, ja, man sprach sogar von einigen greulichen Mordgeschichten, die sich vor nicht langer Zeit dort abgespielt haben sollten. Da wurde ihm doch etwas bange. Sie waren ja nur zu zweit und konnten gegen bewaffnete Räuber nur wenig ausrichten. Es reute ihn nun, daß er dem Zirkelschmied gefolgt war, noch eine Station weiterzugehen, statt am Eingang des Waldes über Nacht zu bleiben.

»Und wenn ich heute nacht totgeschlagen werde und mein Leben und alles, was ich bei mir habe, verliere, so ist es nur deine Schuld, Zirkelschmied. Du hast mich beschwatzt, in diesen schrecklichen Wald hineinzugehen.«

»Sei kein Hasenfuß«, erwiderte der andere. »Ein rechter Handwerksbursche sollte sich eigentlich gar nicht fürchten. Und was meinst du denn? Meinst du wirklich, die Herren Räuber im Spessart werden sich die Ehre antun, uns zu überfallen und totzuschlagen? Warum sollten sie sich diese Mühe machen? Etwa wegen meines Sonntagsrocks, den ich im Ranzen habe, oder wegen des Zehrpfennigs von einem Taler? Da muß man schon vierspännig fahren und in Gold und Seide gekleidet sein, damit sie es der Mühe wert finden, einen totzuschlagen.«

»Halt! Hörst du nicht etwas im Wald pfeifen?« fragte Felix ängstlich.

»Das war der Wind, der um die Bäume pfeift. Beeile dich, so lange kann es nicht mehr dauern.«

»Ja, du hast gut reden wegen des Totschlagens«, fuhr der Goldschmied fort. »Dich fragen sie, was du hast, durchsuchen dich und nehmen dir allenfalls den Sonntagsrock und den Gulden und die dreißig Kreuzer weg, aber mich, mich schlagen sie gleich anfangs tot, nur weil ich Gold und Geschmeide mit mir führe.«

»Warum sollten sie dich deswegen totschlagen? Wenn jetzt vier

oder fünf mit geladenen Büchsen dort aus dem Busch kämen, die Gewehre auf uns anlegten und uns ganz höflich fragten: ›Ihr Herren, was habt ihr bei euch?‹, und sagten: ›Macht es euch bequemer, wir wollen euch tragen helfen!‹, und was es noch mehr an derartigen anmutigen Redensarten gibt, da wärst du doch nicht dumm, machtest deinen Ranzen auf und legtest die gelbe Weste, den blauen Rock, zwei Hemden und alle Halsbänder und Armbänder und Kämme und was du sonst noch bei dir hast, höflich auf die Erde und bedanktest dich für dein Leben, das sie dir schenkten.«

»So, meinst du?« entgegnete Felix eifrig. »Den Schmuck für meine Frau Patin, die liebe Frau Gräfin, soll ich hergeben? Eher mein Leben! Eher laß ich mich in kleine Stücke zerschneiden! Hat sie nicht Mutterstelle an mir vertreten und mich seit meinem zehnten Lebensjahr ausbilden lassen? Hat sie nicht die Lehre für mich bezahlt, meine Kleider und alles? Und jetzt, da ich sie besuchen darf und etwas mitbringe, das sie beim Meister bestellt hat und das ich selbst gearbeitet habe, jetzt, da ich ihr an dem schönen Geschmeide zeigen könnte, was ich gelernt habe, jetzt soll ich alles

hergeben? Nein, lieber will ich sterben, als daß ich diesen schlechten Menschen das Geschmeide meiner Frau Patin gebe!«

»Sei kein Narr!« rief der Zirkelschmied. »Wenn sie dich totschlagen, bekommt die Frau Gräfin den Schmuck ja trotzdem nicht. Es ist daher wirklich besser, du behältst dein Leben.«

Felix antwortete nicht. Die Nacht war jetzt ganz heraufgekommen, und bei dem ungewissen Licht des Neumondes konnte man kaum fünf Schritte weit sehen. Er wurde immer ängstlicher und hielt sich näher an seinen Kameraden. Er wußte nicht recht, ob er dessen Reden und seiner Beweisführung zustimmen sollte oder nicht. Sie gingen noch ungefähr eine Stunde lang, da erblickten sie in der Ferne ein Licht. Der junge Goldschmied meinte, man dürfe ihm nicht trauen, es könne von einem Räuberhaus sein. Aber der Zirkelschmied belehrte ihn, daß Räuber ihre Häuser oder Höhlen unter der Erde haben und hier müsse das Wirtshaus sein, das ihnen ein Mann am Eingang des Waldes beschrieben habe.

Es war ein langes, niedriges Haus. Ein Karren stand davor, und nebenan im Stall hörte man Pferde wiehern. Der Zirkelschmied winkte den Gesellen an ein Fenster, dessen Läden geöffnet waren. Sie konnten, wenn sie sich auf die Zehen stellten, die Stube überblicken. Am Ofen in einem Armstuhl schlief ein Mann, der seiner Kleidung nach ein Fuhrmann und wohl auch der Besitzer des Karrens vor der Tür sein konnte. An der anderen Seite des Ofens saßen eine Frau und ein Mädchen und spannen. Hinter dem Tisch an der Wand saß ein Mensch, der ein Glas Wein vor sich hatte und den Kopf in die Hände stützte, so daß sie sein Gesicht nicht sehen konnten. Der Zirkelschmied schloß aber aus seiner Kleidung, daß es ein vornehmer Herr sein müsse.

Während sie noch auf der Lauer waren, schlug ein Hund im Haus an. Munter, der Hund des Zirkelschmieds, antwortete, und eine Magd erschien in der Tür und hielt Ausschau nach den Fremden.

Man sagte ihnen ein Nachtessen und ein Bett zu. Sie traten ein und legten ihre schweren Bündel, Stock und Hut in eine Ecke und setzten sich zu dem Herren an den Tisch. Dieser richtete sich bei ihrem Gruß auf, und sie erblickten einen vornehmen jungen Mann, der ihnen freundlich für den Gruß dankte.

»Ihr seid noch spät unterwegs«, sagte er. »Habt ihr euch nicht gefürchtet, in dieser dunklen Nacht durch den Spessart zu reisen? Ich für meinen Teil habe lieber mein Pferd in dieser Schenke eingestellt, als daß ich nur noch eine Stunde weitergeritten wäre.«

»Da habt Ihr allerdings recht gehabt, Herr!« erwiderte der Zirkelschmied. »Der Hufschlag eines schönen Pferdes ist Musik in den Ohren dieses Gesindels und lockt sie auf eine Entfernung von einer Stunde herbei. Aber wenn ein paar arme Burschen wie wir durch den Wald schleichen, Leute, denen die Räuber eher etwas schenken könnten, da rühren sie keinen Fuß!«

»Das ist wahr«, entgegnete der Fuhrmann, der durch die Ankunft der Fremden aufgeweckt worden war und nun an den Tisch trat. »Von einem armen Mann kann man kein Geld erwarten. Aber man hat Beispiele, daß sie arme Leute aus purer Mordlust niedergestochen oder gezwungen haben, als Räuber in die Bande einzutreten.

»Nun, wenn es so aussieht mit diesen Leuten im Wald«, bemerkte der

junge Goldschmied, »so wird uns auch dieses Haus wenig Schutz gewähren. Wir sind nur zu viert und mit dem Hausknecht zu fünft. Wenn es ihnen einfällt, uns mit zehn Mann zu überfallen, was können wir dann gegen sie tun? Und überdies«, setzte er leise flüsternd hinzu, »wer sagt uns, daß diese Wirtsleute ehrlich sind?«

»Das glaube ich schon«, erwiderte der Fuhrmann. »Ich kenne diese Wirtschaft seit mehr als zehn Jahren und habe nie etwas Verdächtiges gemerkt. Der Mann ist selten zu Hause, man sagt, er treibe Weinhandel. Die Frau ist eine stille Person, die niemandem Böses will. Nein, Ihr tut ihr Unrecht, Herr!«

»Und doch«, nahm der vornehme junge Mann das Wort, »doch möchte ich, was er gesagt hat, nicht völlig verwerfen. Erinnert euch an die Gerüchte, die besagen, daß hier, in diesem Wald, schon viele Leute spurlos verschwunden sind. Mehrere von ihnen haben vorher gesagt, sie würden in diesem Wirtshaus übernachten. Als man aber nach zwei oder drei Wochen, in denen man nichts von ihnen gehört hatte, nach ihnen forschte und auch hier im Wirtshaus fragte, da war keiner von ihnen hier gesehen worden. Das ist doch verdächtig!«

»Weiß Gott!« rief der Zirkelschmied. »Es wäre wohl fast vernünftiger, wenn wir unter dem nächsten Baum unser Nachtlager aufschlügen, als hier in diesen vier Wänden zu bleiben. Hier ist doch an kein Entkommen zu denken, wenn sie einmal die Türen besetzt haben, denn die Fenster sind ja vergittert.«

Sie alle waren durch diese Reden nachdenklich geworden. Es schien ihnen gar nicht unwahrscheinlich, daß die Besitzer der Schenke im Wald, sei es gezwungenermaßen oder freiwillig, im Einverständnis mit den Räubern waren. Die Nacht schien gefährlich zu werden. Sie hatten aus manchen Berichten gehört, wie man Wanderer im Schlaf überfallen und ermordet hatte. Und wenn es auch nicht um ihr Leben gehen sollte, so war doch ein Teil der Gäste in der Waldschenke so arm, daß der Verlust eines Teils ihrer Habe für sie bereits sehr schmerzlich gewesen wäre. Sie schauten nachdenklich und düster in ihre Gläser. Der junge Herr wünschte sich, auf seinem

Pferd durch ein sicheres, offenes Tal zu traben, der Zirkelschmied wünschte sich zwölf seiner handfesten Kameraden, mit Knütteln bewaffnet, als Leibgarde, Felix, der Goldschmied, bangte mehr um den Schmuck seiner Wohltäterin als um sein Leben. Der Fuhrmann aber, der einige Male den Rauch seiner Pfeife vor sich hingeblasen hatte, sprach nun leise: »Ihr Herren, sie sollen uns wenigstens nicht im Schlaf überfallen. Ich für meinen Teil will, wenn einer von Ihnen mithält, die ganze Nacht wach bleiben.«

»Das will ich auch!« – »Ich auch!« riefen die drei übrigen. »Schlafen könnte ich doch nicht«, setzte der junge Herr hinzu, der ein Student war.

Da legte die Wirtin ihren Spinnrocken beiseite und trat an den Tisch der Gäste. »Jetzt, ihr Herren, ist es an der Zeit, zu Bett zu gehen«, sagte sie. »Es hat neun geschlagen, und morgen ist auch noch ein Tag.«

»Nun, so geht ins Bett!« rief der Student. »Bringt uns noch eine Flasche Wein, und dann wollen wir Euch nicht länger abhalten.«

»Nein«, entgegnete sie mißmutig, »solange noch Gäste in der Wirtsstube sitzen, können Wirtin und Dienstboten nicht weggehen. Also kurz und gut, ihr Herren, macht, daß ihr in eure Kammern kommt! Mir wird die Zeit zu lange, und länger als bis neun Uhr darf in meinem Haus nicht gezecht werden.«

»Was fällt Euch ein, Frau Wirtin?« sprach der Zirkelschmied staunend. »Was schadet es denn Euch, ob wir hier sitzen, wenn Ihr schon längst schläft? Wir sind anständige Leute und werden Euch nichts wegnehmen. Ihr braucht auch keine Angst zu haben, daß wir ohne Bezahlung weggehen. So lasse ich mich in keinem Wirtshaus behandeln!«

Die Frau rollte zornig mit den Augen. »Meint Ihr, ich werde wegen jedem Lumpen von einem Handwerksburschen, wegen jedem Landstreicher, der mir zwölf Kreuzer zu verdienen gibt, meine Hausordnung ändern? Ich sage Euch jetzt zum letzten Mal, daß ich diesen Unfug nicht zulasse!«

Der Zirkelschmied wollte etwas entgegnen, aber der Student sah ihn bedeutungsvoll an und zwinkerte den übrigen zu. »Gut«, sagte er, »wenn die Frau Wirtin es so haben will, so wollen wir auf unsere Kammern gehen. Wir möchten nur um Lichter bitten, damit wir den Weg finden.«

»Damit kann ich nicht dienen«, entgegnete sie mürrisch. »Die anderen werden schon ihren Weg im Dunkeln finden, und für Euch wird dieser Kerzenstumpf wohl reichen. Mehr habe ich nicht im Haus.«

Schweigend nahm der junge Mann das Licht und stand auf. Die anderen folgten ihm. Die Handwerksburschen nahmen ihre Bündel, um sie in ihre Kammern zu bringen. Sie gingen hinter dem Studenten her, der ihnen die Treppen hinaufleuchtete.

Als sie oben angekommen waren, bat sie der Student, leise zu sein. Er schloß seine Tür auf und winkte ihnen, einzutreten. »Jetzt besteht kein Zweifel mehr«, sagte er. »Sie will uns verraten. habt ihr gemerkt, wie ängstlich sie darum bemüht war, uns in unsere Zimmer zu schicken? Sie war ganz deutlich bemüht, uns daran zu hindern, weiter wach zu bleiben. Sie meint wahrscheinlich, wir werden uns jetzt niederlegen, damit sie nachher ein leichtes Spiel hat.«

»Meint Ihr nicht, daß wir noch entkommen können?« fragte Felix. »Im Wald hat man doch eher die Möglichkeit, sich zu retten, als hier in diesem Zimmer.«

»Die Fenster sind auch hier vergittert«, rief der Student und versuchte vergebens, einen der Eisenstäbe des Gitters zu lockern. »Uns bleibt nur ein Ausweg, wenn wir fliehen wollen – durch die Haustür. Aber ich glaube nicht, daß sie uns gehen lassen werden.«

»Es käme auf einen Versuch an«, sprach der Fuhrmann. »Ich will einmal probieren, ob ich in den Hof kommen kann. Wenn mir das gelingt, hole ich euch nach.«

Die übrigen billigten diesen Vorschlag, der Fuhrmann legte die Schuhe ab und schlich auf den Zehen zur Treppe. Seine Genossen lauschten ängstlich oben im Zimmer. Er war schon glücklich und unbemerkt die Hälfte der Treppe hinuntergeschlichen, aber als er um einen Pfeiler herumging, richtete sich plötzlich eine riesige Dogge vor ihm auf. Sie legte ihre Tatzen auf seine Schultern und zeigte ihm, gerade vor seinem Gesicht, zwei Reihen scharfer, langer Zähne. Er wagte sich weder vor noch zurück. Bei der kleinsten Bewegung schnappte der entsetzliche Hund nach seiner Kehle. Das Tier fing zu heulen und zu bellen an, und bald erschienen der Hausknecht und die Frau mit Lichtern.

»Wohin? Was wollt Ihr?« fragte die Frau.

»Ich möchte noch etwas aus meinem Karren holen«, antwortete der Fuhrmann, dabei zitterte er am ganzen Leibe. Als die Tür aufging, hatte er mehrere braune, verdächtige Gesichter, Männer mit Büchsen in der Hand, im Zimmer bemerkt.

»Das hättet Ihr auch früher tun können«, sagte die Wirtin mürrisch. »Fassan, hierher! Schließ die Hoftür zu, Jakob, und leuchte dem Mann zu seinem Karren!«

Der Hund zog seine Schnauze und seine Tatzen von der Schulter des Fuhrmanns und legte sich wieder quer über die Treppe. Der Hausknecht hatte das Hoftor geschlossen und leuchtete dem Fuhrmann. An ein Entkommen war nicht zu denken. Als er nachdachte, was er denn eigentlich aus dem Karren holen konnte, fiel ihm ein, daß er ein Pfund Wachslichter in die nächste Stadt bringen sollte.

»Das Stümpfchen da oben reicht kaum mehr für eine Viertelstunde«, sagte er zu sich. »Und wir brauchen Licht!« Er nahm also zwei Wachskerzen aus dem Wagen, verbarg sie im Ärmel und holte dann seinen Mantel aus dem Karren, mit dem er sich, wie er zu dem Hausknecht sagte, heute nacht zudecken wolle.

Glücklich kam er wieder auf das Zimmer. Er erzählte von dem großen Hund, der als Wache auf der Treppe liege, von den Männern, die er flüchtig gesehen habe, von allen Anstalten, die man gemacht habe, um sich ihrer zu versichern, und schloß seufzend: »Wir werden diese Nacht nicht überleben.«

»Das glaube ich nicht«, erwiderte der Student. »Die Leute können nicht so töricht sein, daß sie wegen des geringen Gewinnes, der bei uns zu erwarten ist, vier Menschen umbringen wollen. Wir dürfen uns nicht verteidigen. Ich werde wohl das meiste einbüßen. Mein Pferd ist schon in ihren Händen, und ich habe es erst vor vier Wochen für

fünfzig Dukaten gekauft. Meine Börse und meine Kleider gebe ich ihnen freiwillig, denn mein Leben ist mir doch lieber.«
»Ihr habt gut reden«, erwiderte der Fuhrmann. »Die Dinge, die Ihr verlieren könnt, können leicht ersetzt werden. Aber ich bin der Bote von Aschaffenburg und habe allerlei Güter auf meinem Karren, und die beiden schönen Rosse im Stall sind mein einziger Reichtum.«
»Ich kann unmöglich glauben, daß sie Euch etwas antun werden«, warf der Zirkelschmied ein, »wenn sie einen Boten berauben, das würde ziemliches Aufsehen im Land erregen. Aber ich bin auch der Meinung, die der Herr geäußert hat: Lieber will ich gleich alles hergeben, was ich habe, und schwören, nichts zu sagen, niemanden zu verklagen, als mich gegen Leute, die Büchsen und Pistolen haben, wegen meiner geringen Habe zu wehren.«
Der Fuhrmann hatte inzwischen seine Wachskerzen hervorgeholt. Er klebte sie auf den Tisch und zündete sie an. »So laßt uns in Gottes Na-

men erwarten, was über uns kommen wird«, sprach er, »aber wir wollen beisammenbleiben und uns den Schlaf vertreiben.«
Plötzlich hörten sie ein Geräusch vor der Schenke. Man hörte einen Wagen anhalten, mehrere Stimmen riefen nach Licht. Es wurde heftig an das Hoftor gepocht, und dazwischen heulten mehrere Hunde. Die Fenster der Kammern, die man dem Fuhrmann und den Handwerksburschen angewiesen hatte, gingen zur Straße hinaus. Die vier Gäste sprangen auf und liefen dorthin, um zu sehen, was vorgefallen war.
Soviel sie beim Schein einer Laterne erkennen konnten, stand ein großer Reisewagen vor der Schenke. Ein großer Mann hob zwei verschleierte Frauen aus dem Wagen, und ein Diener in Livree war dabei, die Pferde auszuspannen. Ein anderer Bedienter schnallte einen Koffer los.
»Diesen sei Gott gnädig!« seufzte der Fuhrmann. »Wenn die mit heiler Haut aus der Schenke kommen, so habe ich für meinen Karren auch keine Befürchtungen.«
»Still!« flüsterte der Student. »Mir dämmert, daß man gar nicht uns, sondern diesen Damen auflauert. Wahrscheinlich waren sie schon unten von ihrer Reise unterrichtet. Wenn man sie nur warnen könnte! Doch halt! Es gibt im ganze Wirtshaus kein anständiges Zimmer für die Damen außer dem neben dem meinen. Das wird man ihnen anweisen. Bleibt ihr hier in dieser Kammer, ich werde versuchen, mit dem Bedienten zu sprechen.«
Der junge Mann schlich in sein Zimmer und löschte die Kerzen aus. Er ließ nur das Licht brennen, das ihm die Wirtin gegeben hatte. Dann lauschte er an der Tür.
Bald kam die Wirtin mit den Damen die Treppe herauf und führte sie mit freundlichen, sanften Worten in das Zimmer nebenan. Sie redete ihren Gästen zu, sich bald niederzulegen, da sie doch sicher von der Reise erschöpft waren. Dann ging sie wieder hinunter. Bald darauf hörte der Student schwere männliche Tritte die Treppe heraufkommen. Er öffnete vorsichtig die Tür und erblickte durch die kleine Spalte den großen Mann, der die Damen

aus dem Wagen gehoben hatte. Er trug ein Jagdkleid und hatte einen Hirschfänger an der Seite. Er war wohl der Reisestallmeister oder der Begleiter der fremden Damen. Als der Student bemerkte, daß der Mann allein heraufgekommen war, öffnete er schnell die Tür und winkte diesem, bei ihm einzutreten. Verwundert trat er näher, und bevor er noch fragen konnte, was man von ihm wolle, flüsterte ihm der Student zu: »Mein Herr! Sie sind heute nacht in eine Räuberschenke geraten.«

Der Mann erschrak. Der Student zog ihn nun vollends in sein Zimmer, schloß die Tür und erzählte ihm, wie verdächtig es in diesem Hause zugehe.

Der Jäger wurde sehr besorgt, nachdem er sich diesen Bericht angehört hatte. Er sagte dem jungen Mann, daß die Damen, eine Gräfin und ihre Kammerzofe, eigentlich die ganze Nacht hätten durchfahren wollen. Aber eine halbe Stunde bevor sie zu dieser Schenke gekommen seien, sei ihnen ein Reiter begegnet, der sie angerufen und gefragt habe, wohin sie reisen wollten. Als er gehört habe, daß sie die Absicht hätten, die ganze Nacht durch den Spessart zu fahren, habe er ihnen davon mit der Bemerkung abgeraten, daß es gerade zur Zeit in diesen Wäldern unsicher sei. »Wenn Ihnen am Rat eines redlichen Mannes etwas liegt«, hatte er hinzugefügt, »so lassen Sie von diesem Gedanken ab! Nicht weit von hier liegt eine Schenke. Auch wenn sie schlecht und unbequem ist, übernachten Sie lieber dort, als daß Sie sich in dieser dunklen Nacht unnötig einer Gefahr aussetzen.« Der Mann, der ihnen diesen Rat gegeben habe, sei von ehrlichem Aussehen gewesen, und die Gräfin, die nun doch Angst vor einem Raubüberfall bekommen hätte, habe befohlen, bei dieser Schenke zu halten.

Der Jäger hielt es nun für seine Pflicht, die Damen von der Gefahr, in der sie schwebten, zu unterrichten. Er ging in das andere Zimmer, und bald darauf öffnete er die Tür, die von dem Zimmer der Gräfin in das des Studenten führte. Die Gräfin, eine Dame von ungefähr vierzig Jahren, trat, vor Schrecken bleich, zu dem Studenten und ließ sich von ihm alles noch einmal wiederholen. Dann berieten sie, was man in einer solchen schlimmen Lage tun könne. Sie beschlossen, möglichst unauffällig die zwei Bedienten, den Fuhrmann und die Handwerksburschen herbeizuholen, um im Fall eines Angriffs Verstärkung zu haben.

Bald darauf waren alle versammelt. Das Zimmer der Gräfin wurde gegen den Hausflur hin verschlossen und mit Kommoden und Stühlen verrammelt. Sie setzte sich mit ihrer Kammerfrau aufs Bett, und die zwei Bedienten hielten bei ihr Wache. Die übrigen setzten sich im Zimmer des Studenten um den Tisch und warteten ab, was geschehen würde. Es war jetzt etwa zehn Uhr, und im Haus schien alles ruhig. Die Männer unterhielten sich eine ganze Weile, um nicht einzuschlafen.

Da schlug plötzlich ein Hund an. Alle hielten den Atem an und horchten. Im selben Augenblick stürzte einer der Bedienten aus dem Zimmer der Gräfin und rief, daß mindestens zehn bis zwölf bewaffnete Männer von der Seite her auf die Schenke zukämen.

Der Jäger griff nach seiner Büchse, der Student nach seiner Pistole, die Handwerksburschen nach ihren Stöcken, und der Fuhrmann zog ein langes Messer aus der Tasche. So standen sie da und sahen sich ratlos an.

»Gehen wir an die Treppe«, rief der Student. »Zwei oder drei dieser Schurken sollen zumindest den Tod finden, bevor wir überwältigt werden!«

Er gab dem Zirkelschmied seine zweite Pistole und riet, daß sie nur einer nach dem anderen schießen sollten. Sie stellten sich an die Treppe. Auf der Seite neben dem Jäger stand der mutige Zirkelschmied und beugte sich über das Geländer. Er hielt die Mündung seiner Pistole auf die Mitte der Treppe. Der Goldschmied und der Fuhrmann standen hinter ihnen bereit, wenn es zu einem Kampf Mann gegen Mann kommen sollte. Einige Minuten rührte sich nichts. Schließlich hörte man die Haustür aufgehen. Sie glaubten auch das Flüstern mehrerer Stimmen zu vernehmen.

Jetzt hörte man Tritte, die sich der Treppe näherten. Einige Leute kamen die Stufen herauf. Auf der oberen Hälfte der Treppe erschie-

nen drei Männer, die wohl kaum auf diesen Empfang gefaßt waren. Als sie um den Pfeiler der Treppe kamen, rief der Jäger mit lauter Stimme: »Halt! Noch einen Schritt weiter, und ihr seid des Todes. Spannt die Hähne, Freunde, und zielt gut!«
Die Räuber erschraken und zogen sich eilig zurück. Sie berieten sich mit den übrigen. Nach einer Weile kam einer von ihnen zurück und sagte: »Ihr Herren! Es wäre töricht von Euch, umsonst Euer Leben aufzuopfern. Wir sind genug, um Euch aufzureiben. Aber wenn Ihr Euch zurückzieht, soll keinem von Euch ein Leid geschen. Wir wollen Euch keinen Groschen abnehmen.«
»Was wollt ihr denn sonst?« rief der Student. »Meint ihr, wir werden solch einem Gesindel trauen? Nimmermehr! Wollt ihr etwas holen, dann kommt in Gottes Namen, aber dem ersten, der sich um die Ecke wagt, brenne ich eines gegen die Stirne, so daß er gewiß auf ewig keine Kopfschmerzen mehr haben wird!«
»Gebt uns gutwillig die Dame heraus!« antwortete der Räuber. »Es soll ihr nichts geschehen. Wir wollen sie an einen sicheren und bequemen Ort bringen. Ihre Leute können zurückreiten und den Herrn Grafen bitten, er möge sie mit zwanzigtausend Gulden auslösen.«
»Solche Vorschläge sollen wir uns bieten lassen?« entgegnete der Jäger, der vor Wut mit den Zähnen knirschte. Er spannte den Hahn. »Ich zähle bis drei, und wenn du dann da unten nicht weg bist, so drücke ich ab. Eins, zwei –«
»Halt!« schrie der Räuber mit donnernder Stimme. »Ist das eine Art, auf einen wehrlosen Mann zu schießen? Vor allem, wenn er freundlich mit euch unterhandelt? Du, dummer Kerl, auch wenn du mich totschießt, hast du nicht gerade eine Heldentat vollbracht. Hier unten stehen zwanzig meiner Kameraden, die mich rächen werden. Was nützt es dann deiner Frau Gräfin, wenn ihr tot oder verletzt auf dem Flur liegt? Glaube mir, wenn sie freiwillig mitgeht, soll sie gut und voll Achtung behandelt werden. Wenn du aber, bis ich drei gezählt habe, dein Gewehr nicht wieder sicherst, so soll es ihr übel ergehen. Laß also den Hahn los! Eins, zwei, drei!«

»Mit diesen Hunden ist nicht zu spaßen«, flüsterte der Jäger. Er folgte dem Befehl des Räubers. »Wahrhaftig, mir liegt nichts an meinem Leben. Aber wenn ich einen niederschieße, könnten sie mit meiner Dame um so übler verfahren. Ich will die Gräfin um Rat fragen. Gebt uns«, fuhr er mit lauter Stimme fort, »gebt uns eine halbe Stunde Waffenstillstand, um die Gräfin vorzubereiten. Sie würde, wenn sie es so plötzlich erfährt, vor Schreck sterben.«

»Zugestanden«, erwiderte der Räuber und ließ den Ausgang der Treppe mit sechs Männern besetzen.

Bestürzt und verwirrt folgten die unglücklichen Reisenden dem Jäger in das Zimmer der Gräfin. Man hatte so laut verhandelt, daß ihr kein Wort entgangen war. Sie war bleich und zitterte. Aber sie war doch fest entschlossen, sich in ihr Schicksal zu ergeben.

»Warum soll ich völlig nutzlos das Leben so vieler braver Leute aufs Spiel setzen?« sagte sie. »Warum euch zu einer vergeblichen Verteidigung auffordern, euch, die ihr mich gar nicht kennt? Nein, ich sehe ein, es gibt keine andere Möglichkeit, als den Elenden zu folgen.«

Alle waren von dem Mut, den die Dame in ihrem Unglück zeigte, ergriffen.

Der Jäger weinte und schwor, daß er diese Schmach nicht überleben werde.

Der Student beklagte, daß er sechs Fuß groß war. »Wäre ich nur einen halben Kopf kleiner«, rief er, »und hätte ich keinen Bart, so wüßte ich, was man tun könnte. Ich ließe mir von der Frau Gräfin Kleider geben, und diese Elenden sollten erst später merken, daß sie getäuscht worden sind.«

Auch auf Felix hatte das Unglück dieser Frau großen Eindruck gemacht. Ihr ganzes Wesen kam ihm so rührend und bekannt vor, als sei es seine verstorbene Mutter, die sich in dieser schrecklichen Lage befände. Er fühlte sich so gehoben, so mutig, daß er gerne sein Leben für das ihre gegeben hätte. Und als der Student diese Worte gesprochen hatte, da durchfuhr ihn plötzlich ein Gedanke. Er vergaß alle Angst, alle Rücksichten, er dachte nur an die Rettung dieser Frau. »Wenn es nur das ist«, sagte er und trat schüchtern und errötend vor. »Wenn nur ein kleiner Körper, ein bartloses Kinn und ein mutiges Herz dazu gehört, die gnädige Frau zu retten, so eigne ich mich vielleicht dazu. Zieht meinen Rock an, setzt meinen Hut auf euer schönes Haar und nehmt mein Bündel auf den Rücken und zieht als Felix, der Goldschmied, die Straße weiter!«

Alle waren erstaunt über den Mut des Jünglings. Der Jäger fiel ihm voll Freude um den Hals. »Goldjunge«, rief er, »das würdest du tun? Willst du dich in die Kleider der gnädigen Frau stecken lassen, um sie so zu retten? Das hat dir Gott eingegeben. Aber du sollst nicht allein gehen. Ich will mich auch gefangennehmen lassen. Ich bleibe an deiner Seite als dein bester Freund, und solange ich lebe, sollen sie dir nichts anhaben!«

»Auch ich ziehe mit dir, so wahr ich lebe!« rief der Student.

Es kostete lange Überredung, um die Gräfin von diesem Vorschlag zu überzeugen. Sie konnte den Gedanken nicht ertragen, daß ein fremder Mensch sich für sie aufopfern sollte. Sie dachte im Fall einer Entdeckung an die Rache der Räuber, die der Unglückliche allein zu tragen hätte. Schließlich siegten die Bitten des jungen Mannes und auch die Überzeugung, daß sie – wenn sie gerettet würde, alles aufbieten könnte, um ihren Retter wieder zu befreien. Sie willigte ein.

Der Jäger und die übrigen Reisenden gingen mit Felix in das Zimmer des Studenten, wo er sich schnell einige Kleider der Gräfin überwarf. Der Jäger setzte ihm noch einige falsche Haarlocken der Kammerfrau und einen Damenhut auf. Alle versicherten, daß man ihn nicht erkennen würde. Selbst der Zirkelschmied schwor, daß er, wenn er ihn so auf der Straße begegnete, flink den Hut ziehen und nicht ahnen würde, daß er vor seinem mutigen Kameraden sein Kompliment mache.

Die Gräfin hatte sich indes mit Hilfe ihrer Kammerfrau aus dem Ranzen des jungen Goldschmiedes mit Kleidern versehen. Der Hut, den sie tief in ihre Stirne gedrückt hatte, der Reisestock in der Hand und das etwas leichter gewordene Bündel auf dem Rücken machten sie völlig unkenntlich. Die Reisenden hätten bei einer anderen Gelegenheit über diese komische Maskerade wahrscheinlich nicht wenig gelacht. Der neue Handwerksbursche dankte Felix mit Tränen in den Augen und versprach, ihm schleunigst Hilfe zu senden.

»Ich habe noch eine Bitte«, antwortete Felix. »In diesem Ranzen, den Ihr auf dem Rücken tragt, befindet sich eine kleine Schachtel. Verwahrt diese sorgfältig! Wenn sie verlorenginge, wäre ich auf immer und ewig unglücklich. Ich muß sie meiner Pflegemutter bringen und –«

»Gottfried, der Jäger, weiß den Weg zu meinem Schloß«, entgegnete sie. »Ihr sollt alles unbeschädigt zurückbekommen. Ich hoffe, Ihr kommt selbst, edler junger Mann, um den Dank meines Gatten und auch den meinen entgegenzunehmen.«

Bevor Felix antworten konnte, hörte man von der Treppe her die rauhen Stimmen der Räuber. Sie riefen, die Frist sei abgelaufen und alles sei zur Abfahrt der Gräfin bereit. Der Jäger ging hinunter und erklärte ihnen, daß er die Dame nicht verlassen werde und lieber mit ihr gehe, wohin es auch sei, als daß er vor seinem Herrn

ohne seine Gebieterin erscheine. Auch der Student sagte, er wolle die Dame begleiten. Sie beratschlagten über diese neue Wendung der Dinge und gestatteten es endlich unter der Bedingung, daß der Jäger seine Waffen abgebe. Sie befahlen den übrigen Reisenden, sich ruhig zu verhalten, während sie die Gräfin abführten.
Felix ließ den Schleier nieder, der an seinem Hut befestigt war, und setzte sich in eine Ecke. Er hielt die Stirne in die Hand gestützt, und in dieser Stellung eines tief Betrübten erwartete er die Räuber. Die Reisenden hatten sich in das andere Zimmer zurückgezogen, aber sie konnten alles, was vorging, überblicken. Der Jäger saß anscheinend traurig, aber alles genau beobachtend in der anderen Ecke des Zimmers, das die Gräfin gemietet hatte. Nach einigen Minuten ging die Tür auf, und ein schöner, stattlich gekleideter Mann von etwa fünfunddreißig Jahren trat in das Zimmer. Er trug eine Art von militärischer Uniform, einen Orden auf der Brust, einen langen Säbel an der Seite, und er hielt in der einen Hand

einen Hut, von dem lange Federn herabwallten. Zwei seiner Leute hatten gleich nach seinem Eintritt die Tür besetzt.
Er ging mit einer tiefen Verbeugung auf Felix zu. Er schien vor einer Dame dieses Ranges doch etwas eingeschüchtert zu sein. Er setzte mehrere Male an, bis es ihm endlich gelang zu sprechen. »Gnädige Frau«, sagte er. »Es gibt Fälle, in die man sich mit Geduld schicken muß. Ein solcher ist der Eurige! Glaubt nicht, daß ich den Respekt vor einer solch vornehmen Dame auch nur einen Augenblick außer acht lassen werde. Ihr werdet alle Bequemlichkeiten haben. Ihr werdet über nichts zu klagen haben als vielleicht über den Schreck, den wir Euch an diesem Abend zufügen mußten.«
Er hielt inne, als erwartete er eine Antwort. Aber als Felix beharrlich schwieg, fuhr er fort: »Seht in mir keinen gemeinen Dieb, keinen Halsabschneider! Ich bin ein unglücklicher Mann, den widrige Umstände zu diesem Leben zwangen. Wir wollen uns für immer aus dieser Gegend entfernen, aber wir brauchen dazu Reisegeld. Es wäre für uns leicht gewesen, Kaufleute oder Postwagen zu überfallen, aber dann hätten wir mehrere Leute auf immer ins Unglück stürzen müssen. Der Herr Graf, Euer Gemahl, hat vor sechs Wochen eine Erbschaft von fünfhunderttausend Talern gemacht. Wir erbitten uns von diesem Reichtum zwanzigtausend Gulden, das ist doch gewiß eine gerechte und bescheidene Forderung. Ihr werdet daher die Güte haben, jetzt sogleich einen offenen Brief an Euren Herrn Gemahl zu schreiben, worin Ihr ihm meldet, daß er die Zahlung so bald wie möglich leisten möge, widrigenfalls – Ihr versteht mich, wir müßten dann etwas härter mit Euch verfahren. Die Summe wird nicht angenommen, wenn sie nicht unter dem Siegel strengster Verschwiegenheit von einem einzelnen Mann hierhergebracht wird.«
Die Szene wurde mit angespannter Aufmerksamkeit von den Gästen im Nebenzimmer, am ängstlichsten wohl von der Gräfin, beobachtet. Sie fürchtete, der Jüngling, der sich für sie geopfert hatte, könnte sich jeden Augenblick verraten. Sie war fest entschlossen, ihn um jeden Preis loszukaufen. Aber ebenso fest stand ihr Entschluß,

um keinen Preis der Welt auch nur einen Schritt weit mit den Räubern zu gehen. Sie hatte in der Rocktasche des Goldschmiedes ein Messer gefunden. Sie hielt es geöffnet krampfhaft in der Hand, bereit, lieber sich selbst zu töten als solch eine Schmach zu erdulden. Aber Felix war nicht minder ängstlich. Der Gedanke, daß es eine männliche Tat war, einer bedrängten, hilflosen Frau beizustehen, stärkte und tröstete ihn etwas, aber er fürchtete, sich durch jede Bewegung und vor allem durch seine Stimme zu verraten. Seine Angst steigerte sich, als der Räuber von einem Brief sprach, den er schreiben solle.

Wie sollte er schreiben? Welchen Titel dem Grafen geben, welche Form dem Brief, ohne sich zu verraten?
Seine Angst steigerte sich aufs höchste, als der Anführer der Räuber Papier und Feder vor ihn hinlegte und ihn bat, den Schleier zurückzuschlagen und zu schreiben.
Felix wußte nicht, wie hübsch ihm die Tracht stand. Wenn er es geahnt hätte, wäre seine Furcht vor einer Entdeckung gewichen. Als er endlich den Schleier zurückschlug, schien der Herr in Uniform von der jugendlichen Schönheit der Dame betroffen zu sein. Er betrachtete ihre etwas männlichen, mutigen Züge mit noch mehr

Ehrfurcht. Dem Blick des Goldschmieds entging das nicht. Er war beruhigt, daß zumindest in diesem Augenblick noch keine Entdeckung zu fürchten sei. So ergriff er die Feder und schrieb an seinen angeblichen Gemahl in einer Art, wie er es einmal in einem Buch gelesen hatte:

»Mein Herr und Gemahl!
Ich unglückliche Frau bin auf meiner Reise mitten in der Nacht plötzlich angehalten worden, und zwar von Leuten, welchen ich keine gute Absicht zutrauen kann. Sie werden mich so lange zurückhalten, bis Sie, Herr Graf, die Summe von 20 000 Gulden für mich niedergelegt haben.
Die Bedingung ist dabei, daß Sie sich nicht im mindesten über die Sache bei der Obrigkeit beschweren noch um deren Hilfe nachsuchen und daß Sie das Geld durch einen einzigen Mann in die Waldschenke im Spessart schicken. Widrigenfalls wird mir mit längerer und harter Gefangenschaft gedroht.
Es fleht Sie um schleunige Hilfe an

Ihre unglückliche Gemahlin.«

Er reichte diesen merkwürdigen Brief an den Anführer der Räuber, der ihn durchlas und billigte. »Es kommt nun ganz auf Eure Bestimmung an«, sagte dieser, »ob Ihr Eure Kammerfrau oder Euren Jäger als Begleitung wählen wollt. Eine dieser Personen werde ich mit dem Brief an Euren Herrn Gemahl zurückschicken.«

»Der Jäger und dieser Herr werden mich begleiten«, antwortete Felix.

»Gut«, entgegnete der Räuber. Er ging zur Tür und rief nach der Kammerfrau. »Unterrichte diese Frau, was sie zu tun hat!«

Die Kammerfrau erschien mit Zittern und Beben. Auch Felix wurde wieder blaß bei dem Gedanken, wie leicht er sich jetzt auch wieder verraten könnte. Doch ein unbegreiflicher Mut, der schon vorher über ihn gekommen war, gab ihm auch jetzt seine Rede ein. »Ich habe dir nichts weiter aufzutragen«, sprach er. »Bitte nur den Grafen, mich so bald wie möglich aus dieser unglücklichen Lage zu befreien.«

»Und«, fuhr der Räuber fort, »empfehlt dem Herrn Grafen eindringlich, er solle unbedingtes Schweigen bewahren und nichts gegen uns unternehmen, bevor sich seine Gemahlin nicht wieder unter seiner Obhut befinde. Unsere Kundschafter werden uns über alles unterrichten, und ich möchte für nichts einstehen, wenn man unsere Bedingungen nicht befolgt.«

Die zitternde Kammerfrau versprach alles. Es wurde ihr noch befohlen, einige Kleidungsstücke und Leinenzeug für die Frau Gräfin in ein Bündel zu packen, da man sich nicht mit viel Gepäck belasten könne. Als dies geschehen war, forderte der Anführer der Räuber die Dame mit einer Verbeugung auf, ihm zu folgen. Felix stand auf, der Jäger und der Student gingen hinter ihm her, und die drei stiegen, begleitet von dem Anführer der Räuber, die Treppe hinab.

Vor der Waldschenke standen viele Pferde. Eines wurde dem Jäger zugewiesen, ein anderes, ein schönes kleines Tier, mit einem Damensattel versehen, stand für die Gräfin bereit, ein drittes gab man dem Studenten. Der Hauptmann hob den jungen Goldschmied in den Sattel und schnallte ihn fest. Dann bestieg er selbst sein Roß. Er stellte sich zur Rechten der Dame auf, zu ihrer Linken war ein anderer Räuber zu Pferd. Ebenso wurden der Jäger und der Student bewacht. Als auch die übrige Bande aufgesessen hatte, gab der Anführer mit einer helltönenden Pfeife das Zeichen zum Aufbruch, und bald war die ganze Schar im Wald verschwunden.

Die Gesellschaft, die im oberen Zimmer versammelt war, erholte sich erst allmählich nach diesem Auftritt von ihrem Schrecken. Sie wäre, wie es nach der Abwendung eines großen Unglücks oder einer plötzlichen Gefahr meist zu geschehen pflegt, vielleicht sogar heiter gewesen, wenn sie nicht der Gedanke an ihre drei Gefährten, die man vor ihren Augen weggeführt hatte, beschäftigt hätte. Alle sprachen voll Bewunderung über den jungen Goldschmied, und die Gräfin vergoß Tränen der Rührung, als sie daran dachte, daß sie einem Menschen so unendlich viel zu verdanken habe, dem sie nie zuvor Gutes getan hatte, ja, den sie nicht einmal kenne. Es war für alle ein Trost, daß der heldenmütige Jäger und der tapfere Student ihn begleitet hatten. Sie konnten ihn trösten, wenn der junge Mann sich unglücklich fühlte. Und es kam ihnen auch der Gedanke, daß der verschlagene Jäger vielleicht ein Mittel zur Flucht finden könne. Sie redeten noch lange darüber, was als erstes zu tun sei. Die Gräfin beschloß, sogleich zu ihrem Gemahl zurückzureisen und alles zu tun, um den Aufenthaltsort der Gefangenen zu entdecken und sie zu befreien. Der Fuhrmann versprach, nach Aschaffenburg zu reiten und die Gerichte zur Verfolgung der Räuber anzurufen. Der Zirkelschmied aber wollte seine Reise fortsetzen.

Die Reisenden hatten nun eine ruhige Nacht. In der Waldschenke herrschte Totenstille. Nichts deutete darauf hin, daß sie noch vor kurzem Schauplatz einer so schrecklichen Szene gewesen war.

Als am Morgen die Bedienten der Gräfin zur Wirtin hinuntergingen, um alles zur Abfahrt fertigzumachen, kehrten sie schnell zurück und berichteten, daß sie die Wirtin und ihr Gesinde gefesselt und gebunden und um Beistand flehend in der Wirtsstube aufgefunden hätten.

Die Reisenden sahen sich bei dieser Nachricht erstaunt an. »Wie?«

rief der Zirkelschmied. »Sollten diese Leute tatsächlich unschuldig sein? Haben wir ihnen Unrecht getan? Waren sie doch nicht im Einverständnis mit den Räubern?«
»Ich lasse mich aufhängen«, erwiderte der Fuhrmann, »wenn wir nicht trotzdem recht hatten. Dies ist doch alles Betrug, damit man sie nicht beschuldigen kann. Erinnert ihr euch nicht an die verdächtigen Mienen in dieser Wirtschaft? Erinnert ihr euch nicht, wie mich der abgerichtete Hund festhielt, als ich hinuntergehen wollte und die Wirtin und der Hausknecht gleichzeitig erschienen und mürrisch fragten, was ich noch zu tun hätte? Aber es war doch ein Glück für uns und vor allem für die Frau Gräfin, daß sie sich so verdächtig gemacht haben. Wenn es in der Schenke nicht so sonderbar zugegangen wäre, wenn uns die Wirtin nicht so mißtrauisch gemacht hätte, wären wir nicht beisammen geblieben. Wir hätten nicht gewacht. Die Räuber hätten uns im Schlafe überfallen, oder sie hätten zumindest unsere Türen bewacht, und die Täuschung durch diesen braven jungen Burschen wäre nie möglich gewesen.«
Alle stimmten dem Fuhrmann zu, und sie beschlossen, die Wirtin und ihr Gesinde auch bei der Obrigkeit anzuzeigen. Aber sie sollten sich sicher fühlen, und deshalb wollten sie sich jetzt nichts anmerken lassen. Die Bedienten und der Fuhrmann gingen hinunter in den Schankraum und lösten die Bande der Diebeshehler. Sie bemühten sich, so mitleidig und bedauernd wie nur möglich zu erscheinen. Um ihre Gäste zu versöhnen, machte die Wirtin nur eine kleine Rechnung für jeden und lud sie ein, recht bald wiederzukommen.
Der Fuhrmann zahlte seine Zeche, nahm von seinen Leidensgefährten Abschied und fuhr weiter. Nach ihm machten sich die beiden Handwerksburschen auf den Weg. Das Bündel des Goldschmieds war zwar leicht, aber doch drückte es auf die zarte Schulter der Dame. Es wurde ihr schwer ums Herz, als ihr die Wirtin ihre verbrecherische Hand entgegenstreckte, um Abschied zu nehmen. »Nein, wie jung Ihr doch seid!« rief diese bei dem Anblick des zarten Jungen. »Noch so jung und geht schon in die Welt hinaus! Euch hat bestimmt Euer Meister aus der Werkstatt gejagt, weil Ihr schon verdorben

seid! Nun, was geht es mich an. Kommt wieder in mein Haus bei Eurer Heimfahrt. Glückliche Reise!«

Die Gräfin wagte vor Angst nicht zu antworten. Sie fürchtete, sich durch ihre zarte Stimme zu verraten. Der Zirkelschmied merkte das. Er nahm seinen Gefährten unter dem Arm, sagte der Wirtin ade und stimmte ein lustiges Lied an, während sie dem Wald zuschritten.

»Jetzt erst bin ich in Sicherheit«, rief die Gräfin, als sie etwa hundert Schritte entfernt waren. »Ich fürchtete immer noch, die Frau würde mich erkennen und durch ihre Knechte festnehmen lassen. Oh, wie soll ich euch allen danken! Kommt auch Ihr auf mein Schloß, Ihr müßt doch Euren Reisegenossen bei mir wieder abholen.«

Der Zirkelschmied sagte zu, und während sie noch sprachen, kam ihnen der Wagen der Gräfin mit ihrer Kammerfrau nachgefahren. Schnell wurde die Tür geöffnet, die Dame schlüpfte hinein, sie grüßte den jungen Handwerksburschen noch einmal, und der Wagen fuhr weiter.

Um dieselbe Zeit hatten die Räuber und ihre Gefangenen den Lagerplatz der Bande erreicht. Sie waren durch eine ungebahnte Waldstraße in schnellem Trab weggeritten. Mit ihren Gefangenen wechselten sie kein Wort. Untereinander flüsterten sie zuweilen, wenn sich die Richtung des Weges veränderte.

Vor einer tiefen Waldschlucht machte man schließlich halt. Die Räuber saßen ab, und ihr Anführer hob den Goldarbeiter vom Pferd. Er entschuldigte sich für den harten und eiligen Ritt und fragte, ob die gnädige Frau davon sehr angegriffen sei.

Felix antwortete mit einer so zarten Stimme wie nur möglich, daß er sich nach Ruhe sehne, und der Hauptmann bot ihm den Arm und führte ihn in die Schlucht.

Es ging einen steilen Abhang hinab. Der Fußpfad, der hinunterführte, war so schmal und abschüssig, daß der Anführer seine Dame oft stützen mußte, sonst wäre sie ausgeglitten. Schließlich langte man unten an. Felix sah beim matten Schein des anbrechenden Morgens ein enges, kleines Tal vor sich, das tief in einem Kessel steil hinanstrebender Felsen lag. Etwa sechs bis acht kleine Hütten waren in dieser Schlucht aus Brettern und gefällten Bäumen aufgebaut. Einige schmutzige Weiber schauten neugierig aus ihnen heraus, und ein Rudel von zwölf großen Hunden und ihren unzähligen Jungen sprang heulend und bellend den Ankommenden entgegen. Der Hauptmann führte die vermeintliche Gräfin in die beste dieser Hütten und sagte ihr, sie sei zu ihrer ausschließlichen Verfügung. Auf Felix' Verlangen erlaubte er, daß der Jäger und der Student zu ihm gelassen wurden.

Die Hütte war mit Rehfellen und Matten ausgelegt, die auf dem Fußboden zum Sitzen dienten. Einige holzgeschnitzte Krüge und Schüsseln, eine alte Jagdflinte und in der hintersten Ecke ein Lager, aus ein paar Brettern gezimmert und mit Wolldecken bedeckt, das man kaum ein Bett nennen konnte, waren die Ausstattung dieses gräflichen Palastes. Jetzt erst, allein gelassen in dieser elenden Hütte, hatten die drei Gefangenen Zeit, über ihre Lage nachzudenken. Felix bereute seine edle Tat in keinem Augenblick, aber er fürchtete doch eine Entdeckung des Betrugs. Er wollte seinen Gefühlen in

lauten Klagen Luft machen, aber der Jäger rückte näher zu ihm und flüsterte ihm zu: »Sei um Gottes willen still, lieber Junge! Glaubst du denn nicht, daß man uns belauscht?«

»Aus jedem Wort, aus dem Ton deiner Sprache könnten sie Verdacht schöpfen«, setzte der Student hinzu.

Dem armen Felix blieb nichts übrig, als still zu weinen. »Glaubt mir, Herr Jäger«, sagte er, »ich weine nicht aus Angst vor diesen Räubern oder aus Furcht vor dem Leben in dieser elenden Hütte, nein, es ist ein ganz anderer Kummer, den ich habe. Wie leicht kann die Gräfin vergessen, was ich ihr noch zuletzt zugeflüstert habe, und dann hält man mich für einen Dieb, und ich bin für immer verloren!«

»Aber wieso denn? Was ängstigt dich so?« fragte der Jäger, der sich über das Benehmen des jungen Mannes wunderte. Vorher war er doch so mutig und stark erschienen.

»Hört mir zu, und Ihr werdet mich verstehen«, antwortete Felix. »Mein Vater war ein geschickter Goldarbeiter in Nürnberg, und meine Mutter hatte früher als Kammerfrau einer vornehmen Dame gedient. Als sie meinen Vater heiratete, wurde sie von der Gräfin, bei welcher sie in Stellung gewesen war, großzügig mit einer Aussteuer versehen. Die Dame blieb meinen Eltern immer gewogen, und als ich auf die Welt kam, wurde sie meine Patin und beschenkte mich reichlich. Und als meine Eltern bald nacheinander an einer Seuche starben und ich ganz allein und verlassen in der Welt stand und ins Waisenhaus gebracht werden sollte, da hörte meine Patin von dem Unglück. Sie nahm sich meiner an und gab mich in ein Erziehungsheim. Als ich alt genug war, schrieb sie mir, ob ich nicht das Gewerbe meines Vaters lernen wollte. Ich war sehr froh über diesen Vorschlag und sagte zu, und so gab sie mich bei einem Meister in die Lehre. Ich stellte mich bei der Arbeit geschickt an und brachte es bald soweit, daß mir der Lehrbrief ausgestellt wurde und ich mich zur Wanderschaft rüsten konnte. Dies schrieb ich meiner Frau Patin, und sie antwortete mir gleich, daß sie mir Geld zur Wanderschaft geben wolle. Außerdem schickte sie mir einige prachtvolle Steine und verlangte, daß ich sie zu einem schönen Geschmeide verarbeiten solle. Ich sollte es ihr als Probe meines Könnens selbst überbringen und dabei das Reisegeld in Empfang nehmen. Ich habe meine Frau Patin nie im Leben gesehen, Ihr könnt Euch denken, wie ich mich auf sie freute. Tag und Nacht arbeitete ich an dem Schmuck, er wurde so schön und kunstvoll, daß selbst der Meister darüber staunte. Als er fertig war, packte ich alles sorgfältig in meinen Ranzen, nahm Abschied von meinem Meister und wanderte zu dem Schloß der Frau Patin. Da kamen diese schändlichen Menschen und zerstörten alle meine Hoffnungen. Denn wenn Eure Frau Gräfin den Schmuck verliert oder darauf vergißt, was ich ihr sagte, und das schäbige Ränzlein wegwirft, wie soll ich dann vor meine gnädige Frau Patin treten? Wie soll ich mich ihr gegenüber ausweisen, wie soll ich die Steine ersetzen? Und mein Reisegeld ist auch verloren, und ich bin in ihren Augen ein undankbarer Mensch, der anvertrautes Gut leicht weggibt. Und – wird sie mir glauben, wenn ich ihr die ganzen Umstände erzähle?«

»Über das letztere brauchst du dir keine Gedanken zu machen«, erwiderte der Jäger. »Ich kann mir nicht vorstellen, daß dein Schmuck bei der Frau Gräfin verlorengehen kann. Und wenn auch, so wird sie ihn ihrem Retter erstatten und ihm eine Bestätigung über diese Vorfälle mitgeben. Wir verlassen dich jetzt für ein paar Stunden, denn wir brauchen alle Schlaf, und nach den Anstrengungen dieser Nacht wirst du ihn auch nötig haben. Später wollen wir im Gespräch unser Unglück vergessen oder noch besser, an unsere Flucht denken!«

Sie gingen. Felix blieb allein zurück und versuchte, dem Rat des Jägers zu folgen.

Als nach einigen Stunden der Jäger mit dem Studenten zurückkam, fand er seinen jungen Freund beruhigter und zuversichtlicher als vorher. Er erzählte dem Goldschmied, daß ihm der Hauptmann die Sorge für die Dame aufgetragen habe. Bald würde eines der Weiber, die sie in den anderen Hütten gesehen hatten, der gnädigen Frau Gräfin Kaffee bringen und ihr ihre Dienste anbieten. Sie beschlossen, diese Gefälligkeit nicht anzunehmen, um ungestört zu sein, und als das alte, häßliche Zigeunerweib kam, das Frühstück vorsetzte und mit grinsender Freundlichkeit fragte, ob es nicht sonst noch zu Diensten sein könne, winkte ihm Felix zu gehen. Als die Alte zögerte, scheuchte sie der Jäger aus der Hütte.

Der Student erzählte, was sie im Lager der Räuber alles gesehen hätten. »Die Hütte, die Ihr bewohnt, schönste Frau Gräfin«, sagte er, »scheint ursprünglich für den Hauptmann bestimmt. Sie ist nicht so geräumig, aber dafür schöner als die übrigen. Außer dieser sind noch sechs andere da, in denen die Weiber und Kinder wohnen. Von den Räubern sind selten mehr als sechs zu Hause. Einer steht nicht weit von dieser Hütte entfernt Wache, der andere unten am Weg in die Höhe, und ein dritter Posten lauert oben am Eingang der Schlucht. Alle zwei Stunden werden sie von den anderen dreien abgelöst. Jeder hat überdies zwei große Hunde neben sich liegen, und die sind so wachsam, daß man keinen Fuß aus der Hütte setzen kann, ohne daß sie anschlagen. Ich habe keine Hoffnung mehr, daß wir uns durchstehlen können.«

»Macht mich nicht weiter traurig, ich bin nach dem Schlaf mutiger geworden«, entgegnete Felix. »Gebt nicht alle Hoffnung auf. Wenn ihr unseren Untergang fürchtet, wollen wir lieber von etwas anderem reden.«

Es mochten schon etwa fünf Tage vergangen sein, und Felix, der Jäger und der Student wurden immer noch von den Räubern gefangengehalten. Zwar wurden sie vom Hauptmann und seinen Untergebenen gut behandelt, aber dennoch sehnten sie sich nach Befreiung. Je mehr die Zeit fortschritt, desto größer wurde ihre Angst vor einer Entdeckung. Am Abend des fünften Tages erklärte der Jäger seinen Leidgenossen, daß er entschlossen sei, in dieser Nacht auszubrechen, und wenn es ihm auch das Leben kosten sollte. Er ermunterte seine Gefährten, mit ihm zu kommen, und legte einen Plan vor, wie sie ihre Flucht ins Werk setzen könnten. »Den, der uns zunächst steht, nehme ich auf mich. Es ist Notwehr, und Not kennt kein Gebot, er muß sterben.«

»Sterben!« rief Felix entsetzt. »Ihr wollt ihn totschlagen?«

»Dazu bin ich fest entschlossen, wenn es darauf ankommt, zwei

Menschenleben zu retten. Ihr müßt wissen, daß ich die Räuber mit besorgter Miene habe flüstern hören, im Walde seien Streifen unterwegs, die sie suchten, und die alten Weiber verrieten in ihrem Zorn die böse Absicht der Bande. Sie schimpften auf uns und gaben zu verstehen, daß wir, wenn die Räuber angegriffen würden, gnadenlos sterben müßten.«

»Gott im Himmel!« schrie der Jüngling entsetzt und verbarg sein Gesicht in den Händen.

»Noch haben sie uns das Messer nicht an die Kehle gesetzt«, fuhr der Jäger fort. »Darum wollen wir ihnen zuvorkommen! Wenn es dunkel wird, schleiche ich auf die nächste Wache zu. Sie wird mich anrufen. Ich werde ihr zuflüstern, die Gräfin sei plötzlich sehr krank geworden, und wenn er sich dann umsieht, stoße ich ihn nieder. Dann hole ich Euch, und der zweite kann uns ebensowenig entgehen. Beim dritten haben wir dann zu dritt ein leichtes Spiel.«

Der Jäger sah bei diesen Worten so schrecklich aus, daß Felix sich vor ihm fürchtete. Er wollte ihn überreden, von diesem blutigen Plan abzustehen, als die Tür der Hütte leise aufging und eine Gestalt rasch hereinschlüpfte. Es war der Hauptmann. Vorsichtig schloß er zu und winkte den drei Gefangenen, sich ruhig zu verhalten. Er setzte sich neben Felix und sprach: »Frau Gräfin, Ihr seid in einer schlimmen Lage. Euer Herr Gemahl hat nicht Wort gehalten. Er hat kein Lösegeld geschickt, sondern er hat die Regierung verständigt. Bewaffnete Mannschaften durchkämmen den Wald, um mich und meine Leute auszuheben. Ich habe Eurem Gemahl gedroht, Euch zu töten, wenn er Miene macht, uns anzugreifen. Doch es muß ihm entweder an Eurem Leben wenig liegen oder er traut unseren Schwüren nicht. Euer Leben ist in unserer Hand. Es ist nach unseren Gesetzen verwirkt. Was wollt Ihr dagegen einwenden?«

Bestürzt blickten die Gefangenen zu Boden. Sie wußten keine Antwort. Felix war sich völlig im klaren darüber, daß ihn das Geständnis über seine Verkleidung in eine noch größere Gefahr bringen würde.

»Es ist mir unmöglich«, fuhr der Hauptmann fort, »eine Dame, die meine vollkommene Achtung hat, einem solchen Schicksal auszuliefern. Darum will ich Euch einen Vorschlag zur Rettung machen. Es ist der einzige Ausweg, der Euch noch bleibt: Ich will mit Euch fliehen!«

Erstaunt, überrascht blickten ihn die drei an. Aber er sprach weiter: »Die Mehrzahl meiner Leute will nach Italien ziehen und sich mit einer sehr bekannten Bande vereinigen. Ich für meinen Teil will unter keinem anderen dienen und werde nicht mit ihnen gehen. Wenn Ihr, Frau Gräfin, mir Euer Wort gebt, Euch für mich zu verwenden, Eure einflußreichen Verbindungen zu meinem Schutz anzuwenden, so kann ich Euch befreien, ehe es zu spät ist.«

Felix schwieg verlegen. Sein redliches Herz sträubte sich, den Mann, der ihn retten wollte, wissentlich einer Gefahr auszusetzen, vor der er ihn später nicht schützen konnte. Als er immer noch schwieg, fuhr der Hauptmann fort: »Man sucht gegenwärtig überall Soldaten. Ich will mich mit dem geringsten Dienst zufriedengeben. Ich weiß, daß Ihr viel tun könnt. Aber ich will von Euch nichts weiter als Euer Versprechen, mir in dieser Sache behilflich zu sein.«

»Nun denn«, antwortete Felix mit niedergeschlagenen Augen. »Ich verspreche Euch, alles, was ich tun kann, was in meinen Kräften steht, zu unternehmen, um Euch zu helfen. Es ist für mich ein Trost, daß Ihr Euch freiwillig von dem Räuberleben trennen wollt.«

Gerührt küßte der Hauptmann die Hand dieser gütigen Dame. Er flüsterte ihr zu, sich zwei Stunden nach Einbruch der Nacht bereit zu halten, und verließ dann ebenso vorsichtig, wie er gekommen war, die Hütte.

Die Gefangenen atmeten freier, als er gegangen war. »Wahrlich!« rief der Jäger, »den hat uns Gott zur richtigen Zeit geschickt! Auf welch wunderbare Weise werden wir errettet! Nie hätte ich mir träumen lassen, daß in der Welt noch so etwas geschehen könnte und daß ich ein solches Abenteuer erleben würde!«

»Wunderbar, allerdings!« erwiderte Felix. »Aber war es auch richtig von mir, den Mann zu betrügen? Was kann ihm mein Schutz nützen?

Sagt selbst, Jäger, locke ich ihn nicht an den Galgen, wenn ich ihm gestehe, wer ich bin?«
»Warum habt Ihr solche Skrupel, lieber Junge!« entgegnete der Student. »Nachdem Ihr doch Eure Rolle so meisterhaft gespielt habt! Nein, darüber dürft Ihr Euch keine Gedanken machen, das ist nichts anderes als erlaubte Notwehr. Er hat ja das Verbrechen begangen, eine angesehene Frau einfach von der Straße zu entführen. Wärt Ihr nicht gewesen, wer weiß, wie es der Gräfin jetzt erginge? Nein, Ihr habt kein Unrecht getan. Übrigens glaube ich, daß es ihm die Gerichte hoch anrechnen werden, wenn er, das Haupt dieses Gesindels, sich selbst stellt.«
Dieser letzte Gedanke tröstete den jungen Goldschmied. Schwankend zwischen Freude und Sorge, ob der Plan gelingen werde, verbrachten sie die nächsten Stunden. Es war schon dunkel, als der Hauptmann auf einen Augenblick in die Hütte trat und ein Bündel Kleider brachte. »Frau Gräfin, um unsere Flucht zu erleichtern, müßt Ihr Männerkleider anlegen. Macht Euch fertig! In einer Stunde treten wir den Marsch an.«
Er verließ die Gefangenen wieder, und der Jäger hatte Mühe, nicht laut herauszulachen. »Das wäre nun die zweite Verkleidung«, rief er, »und ich möchte wetten, diese steht Euch noch besser als die erste!«
Sie öffneten das Bündel und fanden einen hübschen Jagdanzug mit allem Zubehör, der Felix vortrefflich paßte. Nachdem er sich umgezogen hatte, wollte der Jäger die Kleider der Gräfin in eine Ecke der Hütte werfen, aber Felix ließ das nicht zu. Er legte sie zusammen und band sie in ein kleines Bündel. Er sagte, er wolle die Gräfin bitten, sie ihm zu schenken, damit er für sein ganzes Leben ein Andenken an diese merkwürdigen Tage habe.
Endlich kam der Hauptmann. Er war bewaffnet und brachte dem Jäger die Büchse, die man ihm abgenommen hatte, und ein Pulverhorn. Auch dem Studenten gab er eine Flinte. Felix reichte er einen Hirschfänger mit der Bitte, ihn für den Notfall umzuhängen. Es war ein Glück für die drei, daß es sehr dunkel war. Denn sonst

hätte das Aufleuchten in Felix' Augen, als er die Waffe entgegennahm, ihn leicht verraten können. Als sie vorsichtig aus der Hütte getreten waren, bemerkte der Jäger, daß der Posten, der gewöhnlich bei der Hütte stand, diesmal nicht da war. Sie konnten unbemerkt an den Hütten vorbeischleichen. Der Hauptmann schlug aber nicht den gewöhnlichen Pfad ein, der aus der Schlucht in den Wald hinaufführte, sondern er näherte sich einem Felsen, der ganz senkrecht und, wie es schien, unzugänglich vor ihnen lag. Als sie dort angekommen waren, machte der Hauptmann auf eine Strickleiter aufmerksam, die an dem Felsen gespannt war. Er warf seine Büchse auf den Rücken und begann mit dem Aufstieg. Dann rief er der vermeintlichen Gräfin zu, ihm zu folgen. Hinter dem Felsen begann ein Fußpfad, den sie einschlugen. Sie kamen rasch vorwärts.
»Dieser Fußpfad«, sagte der Hauptmann, »führt zur Straße nach Aschaffenburg. Dahin wollen wir, denn ich habe erfahren, daß sich Ihr Gemahl, der Graf, zur Zeit dort aufhält.«
Schweigend zogen sie weiter. Der Räuber blieb an der Spitze, und die drei hielten sich dicht hinter ihm. Nach drei Stunden blieben sie

stehen. Der Hauptmann lud Felix ein, sich auf einen Baumstamm zu setzen, um auszuruhen. Er brachte Brot und eine Feldflasche mit altem Wein zum Vorschein und bot den Übermüdeten davon an. »Ich glaube, wir werden innerhalb einer Stunde auf den Kordon stoßen, den das Militär durch den Wald gezogen hat. Ich bitte Sie, mit dem Anführer der Soldaten zu sprechen und für mich ein gutes Wort einzulegen.«

Felix sagte das zu, obwohl er sich von seiner Fürsprache wenig Erfolg versprach. Sie ruhten sich etwa eine halbe Stunde aus. Dann brachen sie wieder auf. Sie mochten etwa eine Stunde gegangen sein, da näherten sie sich der Landstraße. Der Tag kam herauf, und die Dämmerung verbreitete sich im Wald, als sie plötzlich durch ein lautes »Halt! Steht!« angehalten wurden.

Sie blieben stehen, und fünf Soldaten näherten sich und bedeuteten ihnen zu folgen. Sie sollten sich vor dem kommandierenden Major über ihre Reise ausweisen. Als sie weitere fünfzig Schritte gegangen waren, sahen sie links und rechts im Gebüsch Gewehre aufblitzen. Eine große Schar schien den Wald besetzt zu haben. Der Major saß mit weiteren Offizieren und anderen Männern unter einer Eiche. Als die Gefangenen zu ihm gebracht wurden und er eben anfangen wollte, sie über das »Woher« und »Wohin« zu befragen, sprang einer der Männer auf und rief: »Mein Gott, kann das wahr sein? Das ist ja Gottfried, unser Jäger!«

»Jawohl, Herr Amtmann«, antwortete der Jäger, und Freude schwang in seiner Stimme mit. »Da bin ich, wunderbar gerettet aus der Hand dieses Gesindels!«

Die Offiziere waren erstaunt, ihn hier zu sehen. Der Jäger rief den Amtmann und den Major zur Seite und erzählte in kurzen Worten, wie sie errettet worden seien und wer der vierte sei, der sie begleitete. Der Major war über diese Nachricht erfreut, und er traf sofort die nötigen Anordnungen, um diesen wichtigen Gefangenen weiterzutransportieren. Den jungen Goldschmied führte er zu seinen Kameraden und stellte ihn als den heldenhaften Jüngling vor, der durch seinen Mut und seine Geistesgegenwart die Gräfin gerettet habe.

Felix mußte viele Hände schütteln. Sie konnten gar nicht genug von seinem und seiner Kameraden Schicksal hören.
Inzwischen war es völlig Tag geworden. Der Major beschloß, die Befreiten selbst in die Stadt zu begleiten. Er ging mit ihnen und dem Amtmann der Gräfin in das nächste Dorf, wo sein Wagen stand. Dort mußte sich Felix zu ihm in den Wagen setzen. Der Jäger, der Student, der Amtmann und viele andere Leute ritten vor und hinter ihnen, und so zogen sie im Triumph auf die Stadt zu. Wie ein Lauffeuer hatte sich das Gerücht von dem Überfall in der Waldschenke und von der Aufopferung des jungen Goldschmieds in der Gegend verbreitet, und ebenso rasch ging jetzt die Kunde von seiner Befreiung von Mund zu Mund. Es war daher nicht verwunderlich, daß in der Stadt die Straßen dicht gedrängt von Menschen waren, die den jungen Helden sehen wollten. Alles schob sich heran, als der Wagen langsam hereinfuhr. »Das ist er«, riefen sie. »Seht ihr ihn dort im Wagen neben dem Offizier! Es lebe der tapfere junge Goldschmied!« Ein tausendstimmiges »Hoch!« erfüllte die Luft.
Felix war beschämt und gerührt von den Ovationen der Menge. Aber es stand ihm noch ein ehrenvoller Empfang im Rathaus bevor. Ein Mann von mittleren Jahren, vornehm gekleidet, empfing ihn an der Treppe und umarmte ihn mit Tränen in den Augen. »Wie kann ich es dir vergelten, mein Sohn!« rief er. »Du hast mir viel gegeben, als ich nahe daran war, unendlich viel zu verlieren! Du hast mir die Gattin und meinen Kindern die Mutter gerettet. Denn ihr zartes Leben hätte die Schrecken einer solchen Gefangenschaft nie ertragen.«
Es war der Gemahl der Gräfin, der diese Worte sprach. So sehr sich Felix auch sträubte, einen Lohn für seine Aufopferung zu nennen, so unerbittlich schien der Graf darauf zu bestehen. Da fiel dem Jüngling das unglückliche Schicksal des Räuberhauptmanns ein. Er erzählte, wie er sie gerettet und wie diese Hilfe eigentlich der Gräfin gegolten habe. Der Graf war gerührt. Nicht nur die Handlungsweise des Hauptmanns ging ihm nahe, sondern auch die Uneigennützigkeit, die Felix wieder unter Beweis stellte, da er nicht für sich

selbst, sondern für jenen bat. Er versprach, alles zu tun, was in seiner Macht stünde, um den Räuber zu erretten.

Am selben Tage brachen der Graf, der Jäger und der junge Goldschmied zu dem Schloß auf, wo die Gräfin, immer noch besorgt um das Schicksal des jungen Mannes, der sich für sie geopfert hatte, voll Sehnsucht auf eine Nachricht wartete. Zu ihrer unbeschreiblichen Freude trat nun ihr Gemahl, ihren Retter an der Hand, in ihr Zimmer. Sie fragte den jungen Mann über alles aus und dankte ihm immer wieder für seinen Mut und seine Tapferkeit. Sie rief ihre Kinder herbei und zeigte ihnen den Jüngling, dem ihre Mutter so unendlich viel verdankte, und die Kleinen faßten nach seinen Händen und versicherten ihm auf ihre kindliche Weise, daß er für sie nach Vater und Mutter der liebste Mensch auf Erden sei. Das war für Felix die schönste Entschädigung für den Kummer und die vielen schlaflosen Stunden in der Hütte der Räuber.

Als die ersten Augenblicke des Wiedersehens vorüber waren, winkte die Gräfin einem Diener, der bald darauf die Kleider und den wohlbekannten Ranzen brachte, die Felix der Gräfin in der Waldschenke überlassen hatte. »Hier ist alles«, sagte sie, und ein gütiges Lächeln umspielte dabei ihren Mund, »was Ihr mir in jenem furchtbaren Augenblick gegeben habt. Es ist der Zauber, womit Ihr mich umhüllt habt, um meine Verfolger mit Blindheit zu schlagen. Es steht wieder zu Eurer Verfügung. Aber ich möchte Euch einen Vorschlag machen. Ich würde gerne diese Kleider zum Andenken an Euch aufbewahren und Euch zum Tausch die Summe anbieten, die die Räuber als Lösegeld für mich bestimmten.«

Felix erschrak über dieses großzügige Geschenk. Er sträubte sich, für etwas, was er freiwillig getan hatte, einen Lohn anzunehmen. »Gnädige Frau«, sagte er, »ich möchte das nicht. Die Kleider sollen Euch gehören, wie Ihr es wünscht. Aber die Summe, von der Ihr gesprochen habt, kann ich nicht annehmen. Wenn Ihr mich belohnen wollt, so erhaltet mir Eure Gnade, statt mir Geld anzubieten. Wenn ich je in die Lage kommen sollte, von Euch Hilfe erbitten zu müssen, so könnt Ihr gewiß sein, daß ich mich an Euch wenden werde.«

Sie versuchten noch lange den jungen Mann zu überreden, aber vergebens. Die Gräfin und ihr Gemahl gaben schließlich nach, und schon wollte der Diener die Kleider und den Ranzen wieder wegbringen, da erinnerte sich Felix an das Geschmeide, das er vor lauter Freude ganz vergessen hatte.

»Halt!« rief er. »Gnädige Frau, erlaubt, daß ich noch etwas aus meinem Ranzen nehme. Das übrige gehört dann ganz Euch.«

»Gerne«, sagte sie, »obwohl ich am liebsten alles als Erinnerung an Euch behalten hätte. Aber nehmt ruhig, was Ihr möchtet. Doch, wenn ich fragen darf, woran hängt Euer Herz so sehr, daß Ihr es mir nicht überlassen möchtet?«

Der Jüngling hatte inzwischen seinen Ranzen geöffnet und ein Kästchen aus rotem Saffian herausgenommen. »Alles, was mir gehört, könnt Ihr haben!« erwiderte er lächelnd. »Aber das gehört meiner lieben Frau Patin. Ich habe es selbst angefertigt und muß es ihr bringen. Es ist ein Schmuck, gnädige Frau«, fuhr er fort. Er öffnete das Kästchen und reichte es ihr. »Es ist ein Schmuck, mit dem ich ihr mein Können zeigen möchte.«

Sie nahm das Kästchen. Kaum hatte sie einen Blick darauf geworfen, fuhr sie aber betroffen zurück.

»Wie? Diese Steine!« rief sie. »Für Eure Patin sind sie bestimmt, sagtet Ihr?«

»Jawohl«, antwortete Felix, »meine Frau Patin hat mir die Steine geschickt. Ich habe sie gefaßt und bin auf dem Weg, sie selbst zu überbringen.«

Gerührt sah ihn die Gräfin an. Tränen traten ihr in die Augen. »Dann bist du Felix Perner aus Nürnberg?«

»Ja, aber woher wißt Ihr meinen Namen?« fragte der Jüngling und blickte sie bestürzt an.

»Welch eine wundervolle Fügung des Himmels«, sagte sie zu ihrem staunenden Gemahl. »Das ist Felix, unser Patensohn, der Sohn unserer Kammerfrau Sabine! Felix! Ich bin es, zu der du kommen wolltest! Du hast deine Patin gerettet, ohne es zu wissen!«

»Wie? Seid Ihr denn die Gräfin Sandau, die mir und meiner Mutter so viel geholfen hat? Und dies ist das Schloß Mayenburg, wohin ich wandern wollte? Wie soll ich dem gütigen Geschick danken, das mich auf so wunderbare Weise mit Euch zusammentreffen ließ! So konnte ich Euch doch ein wenig meine Dankbarkeit beweisen!«

»Du hast mehr an mir getan«, erwiderte sie, »als ich je an dir hatte tun können. Doch solange ich lebe, will ich versuchen, dir zu zeigen, wie unendlich viel wir alle dir schuldig sind. Mein Gatte soll dein Vater, meine Kinder deine Geschwister und ich selbst will deine treue Mutter sein. Und dieser Schmuck, der dich zu mir führte in der Stunde höchster Not, soll meine schönste Zierde werden. Er wird mich immer an dich und deinen Edelmut erinnern.«

So sprach die Gräfin, und sie hielt Wort. Felix wurde von ihr auf seinen Wanderungen reichlich unterstützt. Als er als ein geschickter Arbeiter in seinem Handwerk zurückkam, kaufte sie ihm in Nürnberg ein Haus, richtete es ihm ein und schmückte die Wände des schönsten Zimmers mit Gemälden, die die Szene in der Waldschenke und Felix' Leben unter den Räubern wiedergaben.

Felix lebte da als ein geschickter Goldschmied. Der Ruhm seiner

Kunstfertigkeit verband sich mit der Erzählung von seinem Heldenmut und verschaffte ihm Kunden aus dem ganzen Reich. Viele Fremde, die in die schöne Stadt Nürnberg kamen, ließen sich in die Werkstatt des berühmten Meisters Felix führen, um ihn zu sehen und zu bewundern und auch ein schönes Geschmeide bei ihm zu bestellen. Seine liebsten Besuche waren aber der Jäger, der Zirkelschmied, der Student und der Fuhrmann. Sooft der letztere von Würzburg nach Fürth fuhr, kehrte er bei Felix ein. Der Jäger brachte ihm alle Jahre Geschenke von der Gräfin, der Zirkelschmied ließ sich, nachdem er alle Länder abgewandert hatte, bei Meister Felix nieder. Eines Tages besuchte sie auch der Student. Er war inzwischen ein bedeutender Mann im Staat geworden, schämte sich aber nicht, bei Meister Felix und dem Zirkelschmied ein Abendessen zu verzehren. Sie erinnerten sich an die Szene in der Waldschenke. Der ehemalige Student erzählte, er habe den Räuberhauptmann in Italien wiedergesehen. Er hätte sich gänzlich verändert und diene dem König von Neapel als braver Soldat.

Felix freute sich, als er das hörte. Ohne diesen Mann wäre er zwar wahrscheinlich nie in jene gefährliche Lage gekommen, aber ohne ihn hätte er sich auch nicht aus der Hand der Räuber befreien können. Und so kam es, daß der wackere Goldschmiedmeister nur friedliche und freundliche Erinnerungen hatte, wenn er zurückdachte an

Das kalte Herz

Wer durch Schwaben reist, der sollte nicht versäumen, auch ein wenig in den Schwarzwald hineinzuschauen. Nicht der Bäume wegen, obwohl man nicht überall eine solch unermeßliche Menge herrlich gewachsener Tannen findet, sondern der Leute wegen, die sich von den anderen Menschen ringsumher ziemlich unterscheiden. Sie sind größer, breitschultrig, sie haben kräftige Glieder, und es ist, als ob der stärkende Duft, der morgens durch die Tannen strömt, ihnen von Jugend auf einen freieren Atem, ein klareres Auge und einen festeren, wenn auch rauheren Mut als den Bewohnern der Stromtäler und Ebenen gegeben hätte. Und auch durch ihre Sitten und Trachten unterscheiden sich die Leute von denen, die außerhalb des Waldes wohnen.

Die schönste Kleidung haben die Bewohner des badischen Schwarzwaldes: Die Männer lassen den Bart wachsen, wie er von Natur aus dem Manne gegeben ist; ihr schwarzes Wams, die enggefalteten Pluderhosen, die roten Strümpfe und die spitzen, von einer großen Krempe umgebenen Hüte verleihen ihnen etwas Fremdartiges, aber etwas Ernstes und Würdiges. Dort beschäftigen sich die Leute für gewöhnlich mit Glasmachen. Sie verfertigen aber auch Uhren, die in der ganzen Welt verkauft werden.

Auf der anderen Seite des Waldes wohnt ein Teil desselben Stammes. Aber durch ihre Arbeit haben sie andere Sitten und Gewohnheiten als die Glasmacher. Sie ernähren sich durch ihren Wald. Sie fällen und behauen ihre Tannen, flößen sie durch die Nagold in den Neckar und von dem oberen Neckar den Rhein hinab, bis weit hinein nach Holland, und auch am Meer kennt man die Schwarzwälder mit ihren langen Flößen. Sie halten an jeder Stadt, die am Strom liegt, an und warten stolz, ob man ihnen ihre Balken und Bretter abkaufen werde. Ihre stärksten und längsten Balken verkaufen sie für schweres Geld an die Mynheers, die daraus Schiffe bauen. Diese Menschen sind an ein rauhes Wanderleben gewöhnt. Es ist ihnen eine Freude, auf ihrem Holz die Ströme hinunterzufahren, und es ist für sie bitter, am Ufer wieder heraufzuwandern. Darum unterscheidet sich ihr Festtagsanzug auch von dem der Glasmänner im anderen Teil des Waldes. Sie tragen ein Wams aus dunkler Leinwand, handbreite grüne Hosenträger über der breiten Brust, Hosen aus schwarzem Leder, aus deren Tasche ein Zollstab aus Messing wie ein Ehrenzeichen hervorschaut. Ihr Stolz und ihre Freude sind aber ihre Stiefeln. Es sind wahrscheinlich die größten, die irgendwo auf der ganzen Welt in Mode sind. Sie können zwei Spannen weit über das Knie hinaufgezogen werden, und die »Flözer« können damit in drei Schuh tiefem Wasser waten, ohne sich die Füße naß zu machen.

Noch vor kurzer Zeit glaubten die Bewohner dieses Waldes an Waldgeister. Sonderbar ist es, daß auch die Waldgeister, die der Sage nach im Schwarzwald hausen, sich durch die verschiedenen Trachten der Bewohner unterscheiden. So erzählt man, daß das *Glasmännlein*, ein guter Geist von dreieinhalb Fuß Größe, sich nie anders gezeigt habe als mit einem spitzen Hütlein mit großem Rand, mit Wams und Pluderhöschen und roten Strümpfen. Der *Holländer-Michel* aber, der auf der anderen Seite des Waldes umgeht, soll ein riesengroßer, breitschultriger Kerl in der Kleidung der Flözer sein. Mehrere, die ihn gesehen haben wollen, versichern, daß sie die Kälber nicht bezahlen möchten, deren Felle man zu seinen Stiefeln brauche. »So groß, daß ein gewöhnlicher Mann bis zum Hals darin stehen könnte«, sagten sie und behaupteten, nicht zu übertreiben.

Mit diesen Waldgeistern soll ein junger Schwarzwälder eine sonderbare Geschichte erlebt haben. Es wohnte im Schwarzwald eine Witwe, Frau Barbara Munkin. Ihr Gatte war Kohlenbrenner gewesen, und nach seinem Tod hielt sie ihren sechzehnjährigen Knaben nach und nach zu demselben Geschäft an.

Der junge Peter Munk, ein schlanker Bursche, ließ es sich gefallen, weil er es bei seinem Vater auch nicht anders gesehen hatte. Die ganze Woche über saß man am rauchenden Meiler, schwarz und voll Ruß, den Leuten ein Abscheu, und dann fuhr man in die Stadt hinunter, um seine Kohlen zu verkaufen. Aber ein Köhler hatte viel Zeit zum Nachdenken über sich und andere, und wenn Peter Munk an seinem Meiler

saß, wurde in seinem Herzen eine bestimmte Sehnsucht wach, und die dunklen Bäume um ihn her und die tiefe Waldesstille trieben ihm die Tränen in die Augen. Es betrübte ihn etwas, es ärgerte ihn etwas, aber er wußte nicht was. Endlich merkte er, was ihn ärgerte, es war – sein Beruf. »Ein schwarzer, einsamer Kohlenbrenner!« sagte er sich. »Es ist ein elendes Leben. Wie angesehen sind die Glasmänner, die Uhrmacher, selbst die Musikanten, die Sonntag abends aufspielen! Und wenn Peter Munk, rein gewaschen und herausgeputzt, in seines Vaters Festgewand, dem Wams mit den silbernen Knöpfen und mit nagelneuen roten Strümpfen erscheint, und wenn dann einer hinter mir hergeht, denkt er sich sicher: ›Wer ist wohl dieser schlanke Bursche?‹ Er bewundert dann vielleicht heimlich meine roten Strümpfe und den stattlichen Gang. Aber wenn er vorübergeht und mir ins Gesicht sieht, dann sagt er sich bestimmt: ›Ach, es ist *nur der Kohlenmunk-Peter*.‹«

Auch die Flözer auf der anderen Seite beneidete er. Wenn diese Waldriesen mit ihren stattlichen Kleidern herüberkamen, und mit ihren Knöpfen, Schnallen und Ketten einen halben Zentner Silber auf dem Leibe trugen, wenn sie mit gespreizten Beinen und vornehmen Gesichtern dem Tanz zuschauten, holländisch fluchten und wie die vornehmsten Mynheers aus ellenlangen kölnischen Pfeifen rauchten, da stellte er sich als das vollendetste Bild eines glücklichen Menschen solch einen Flözer vor. Und wenn diese Glücklichen erst in die Tasche langten, ganze Hände voll Taler herausholten und um Silberstücke würfelten, fünf Gulden hin, zehn her, so traten ihm die Augen aus den Höhlen, und er schlich trübselig nach Hause in seine Hütte. An manchem Feiertagabend hatte er einen dieser »Holzherren« mehr verspielen sehen, als der arme Vater Munk in einem Jahr verdiente.

Es waren vor allem drei dieser Männer, die ihm aufgefallen waren und von denen er nicht wußte, welchen er mehr bewundern sollte. Der eine war ein dicker großer Mann mit einem roten Gesicht, und er galt wohl als der reichste in dieser Runde. Man nannte ihn den *dicken Ezechiel*. Er reiste alle Jahre zweimal mit Bauholz nach Amsterdam und hatte Glück, es immer um so viel teurer als andere zu verkaufen, daß er, wenn die übrigen zu Fuß heimgingen, stattlich herauffahren konnte. Der andere war der längste und magerste Mensch im ganzen Wald. Man nannte ihn den *langen Schlurker*, und diesen beneidete Munk wegen seiner außerordentlichen Kühnheit. Er widersprach den angesehensten Leuten, brauchte, wenn man noch so gedrängt im Wirtshaus saß, mehr Platz als vier der Dicksten. Er stützte entweder beide Ellbogen auf den Tisch oder zog eines seiner langen Beine zu sich auf die Bank, und doch wagte ihm keiner zu widersprechen, denn er hatte unmenschlich viel Geld. Der dritte war ein hübscher junger Mann, der weit und breit am besten tanzte und daher den Spitznamen *Tanzbodenkönig* erhalten hatte. Er war arm gewesen und hatte bei einem Holzherrn als Knecht gedient. Da wurde er auf einmal steinreich. Die einen sagten, er habe unter einer alten Tanne einen Topf voll Geld gefunden, die anderen behaupteten, er habe unweit Bingen im Rhein mit der Stechstange, womit die Flözer zuweilen nach den Fischen stechen, einen Pack

mit Goldstücken heraufgefischt, und der Pack gehöre zu dem Nibelungenhort, der dort vergraben liegt. Kurz, er war auf einmal reich geworden und wurde von jung und alt wie ein Prinz behandelt. An diese drei Männer dachte Kohlenmunk-Peter oft, wenn er einsam im Tannenwald saß. Zwar hatten alle drei einen Fehler, der sich bei den Leuten verhaßt machte. Es war dies ihr unmenschlicher Geiz, ihre Gefühllosigkeit gegen ihre Schuldner und gegen Arme, denn die Schwarzwälder sind ein gutmütiges Völkchen. Aber man weiß, wie es mit solchen Dingen geht. Waren sie auch wegen ihres Geizes verhaßt, so standen sie doch wegen ihres Geldes in Ansehen, denn wer konnte mit den Talern um sich werfen wie sie, als ob man das Geld von den Tannen schüttelte?

»So geht es nicht mehr weiter«, sagte Peter eines Tages schmerzlich betrübt zu sich. Tags zuvor war ein Feiertag gewesen und alles Volk in der Schenke versammelt. »Wenn ich nicht bald auf einen grünen Zweig komme, tu ich mir etwas an. Wenn ich doch nur so angesehen und reich wäre wie der dicke Ezechiel oder so kühn und so gewaltig wie der lange Schlurker, oder könnte ich den Musikanten Taler statt Kreuzer zuwerfen wie der Tanzbodenkönig! Wo nur der Bursche das Geld herhat?«

Allerlei Möglichkeiten gingen ihm durch den Kopf, wie man Geld erwerben könne, aber keine wollte ihm gefallen. Schließlich fiel ihm auch das Gerede der Leute ein, daß vor langen Zeiten der Holländer-Michel oder das Glasmännlein Menschen reich gemacht hätten. Als sein Vater noch lebte, kamen oft andere arme Leute zu Besuch, und da wurde oft und viel von Reichen gesprochen und wie sie reich geworden seien. Da spielte des öfteren das Glasmännlein eine Rolle. Ja, wenn er sich richtig erinnerte, konnte er sich noch an das Verslein besinnen, das man am Tannenbühl in der Mitte des Waldes sprechen mußte, wenn es erscheinen sollte. Es fing an:

»Schatzhauser im grünen Tannenwald,
bist schon viel hundert Jahre alt;
dir gehört all Land, wo Tannen stehn —«

Aber soviel er auch sein Gedächtnis anstrengte, weiter konnte er sich keines Verses mehr erinnern. Er dachte oft, ob er nicht diesen oder jenen alten Mann fragen sollte, wie das Sprüchlein heiße, aber immer hielt ihn eine gewisse Scheu davon ab, seine Gedanken zu verraten. Auch wußte er, daß die Sage vom Glasmännlein nicht mehr sehr bekannt war und daher sicher kaum einer den Spruch kannte. Es hätte sonst sicher mehr reiche Leute im Wald gegeben — und warum hatten sein Vater und all die vielen armen Leute nicht auch ihr Glück versucht? Er brachte schließlich einmal seine Mutter dazu, über das Männlein zu sprechen, und diese erzählte ihm, was er schon wußte. Auch sie kannte nur mehr die ersten Zeilen des Spruches und sagte ihm schließlich, daß sich der kleine Geist nur Leuten zeige, die an einem Sonntag zwischen elf und zwölf Uhr geboren worden seien. Auf ihn würde diese Bedingung zutreffen, denn er sei Sonntag mittags um zwölf Uhr geboren worden. Wenn er nur das Sprüchlein wüßte!

Als dies der Kohlenmunk-Peter hörte, war er vor Freude und vor Begierde, das Abenteuer zu wagen, beinahe außer sich. Es schien ihm genügend, nur einen Teil des Spruches zu wissen und an einem Sonntag geboren worden zu sein. Er war sicher, das Glasmännchen würde sich ihm zeigen.
Als er daher eines Tages seine Kohlen verkauft hatte, zündete er keinen neuen Meiler an, sondern zog seines Vaters Wams und neue rote Strümpfe an. Er setzte den Sonntagshut auf, nahm seinen fünf Fuß hohen Schwarzdornstock in die Hand und nahm von der Mutter Abschied: »Ich muß aufs Amt in die Stadt, denn bald wird wieder ausgelost, wer Soldat werden muß, und da will ich dem Amtmann nur noch einmal einschärfen, daß Ihr Witwe seid und ich Euer einziger Sohn bin.«
Die Mutter lobte ihn wegen seines Entschlusses, er aber machte sich auf nach dem Tannenbühl. Der Tannenbühl liegt auf der höchsten Erhebung des Schwarzwaldes. Zwei Stunden in seinem Um-

kreis gab es damals kein Dorf, ja nicht einmal eine Hütte, denn die abergläubischen Leute meinten, es sei dort nicht geheuer. Man schlug auch ungern Holz in diesem Revier, obwohl hier die höchsten und prachtvollsten Tannen standen. Oft waren Holzfällern, wenn sie am Tannenbühl arbeiteten, die Äxte vom Stiel gesprungen und in den Fluß gefallen, oder Bäume waren umgestürzt und hatten die Männer mit sich gerissen und verletzt oder gar getötet. Auch hätte man selbst die schönsten Bäume aus dieser Gegend höchstens als Brennholz verwenden können, denn die Floßherren nahmen nie einen Stamm aus dem Tannenbühl unter ein Floß, weil die Sage ging, daß Mann und Holz verunglückten, wenn auch nur ein Tannenbühler mit im Wasser sei. Daher kam es, daß im Tannenbühl die Bäume so dicht und so hoch standen, daß es am hellen Tage beinahe so dunkel wie in der Nacht war. Peter Munk wurde ganz schaurig zumute. Er hörte keine Stimme, keinen Schritt außer dem seinen, keine Axt. Selbst die Vögel schienen diese dichte Tannennacht zu meiden.

Kohlenmunk-Peter hatte jetzt den höchsten Punkt des Tannenbühls erreicht. Er stand vor einer Tanne von solch ungeheurem Umfang, daß für sie jeder holländische Schiffsherr an Ort und Stelle viele hundert Gulden gegeben hätte. »Hier«, dachte er, »wird wohl der Schatzhauser wohnen.«

Er zog seinen großen Sonntagshut, machte vor dem Baum eine tiefe Verbeugung, räusperte sich und sprach mit zitternder Stimme: »Wünsche einen glücklichen Abend, Herr Glasmann!« Aber es erfolgte keine Antwort, und alles ringsum blieb so still wie zuvor. »Vielleicht muß ich das Verslein sprechen«, dachte er und murmelte:

»Schatzhauser im grünen Tannenwald,
bist schon viel hundert Jahre alt;
dir gehört all Land, wo Tannen stehn –«

Während er diese Worte sprach, sah er zu seinem großen Schrecken eine ganz kleine, sonderbare Gestalt hinter der dicken Tanne hervorschauen. Es war ihm, als habe er das Glasmännlein gesehen, wie man es beschrieben hatte. Das schwarze Wämschen, die roten Strümpfchen, das Hütchen, alles war so, wie man erzählt hatte, selbst das blasse, aber feine und kluge Gesichtchen, glaubte er gesehen zu haben. Aber, ach, so schnell das Glasmännchen hervorgeschaut hatte, so schnell war es auch wieder verschwunden!

»Herr Glasmann!« rief nach einer Weile Peter Munk, »seid so gütig und haltet mich nicht zum Narren. – Herr Glasmann, wenn Ihr meint, ich hätte Euch nicht gesehen, so täuscht Ihr Euch sehr. Ich sah Euch hinter dem Baum hervorgucken!«

Er erhielt immer noch keine Antwort, nur zuweilen glaubte er, ein leises, heiseres Kichern hinter dem Baum zu vernehmen. Endlich siegte seine Ungeduld über seine Furcht. »Warte, du kleiner Bursche«, rief er, »ich werde dich gleich haben!« Er sprang mit einem Satz hinter die Tanne, aber da war kein Schatzhauser im grünen Tannenwald, nur ein kleines Eichhörnchen jagte den Baum hinauf.

Peter Munk schüttelte den Kopf. Er sah ein, daß er zwar die Beschwörung bis zu einem gewissen Grad zustande gebracht hatte, aber daß ihm vielleicht nur noch ein Reim zu dem ganzen Sprüchlein fehlte, mit dem er das Glasmännchen hervorlocken konnte. Das Eichhörnchen zeigte sich auf den untersten Ästen der Tanne und schien ihn aufzumuntern oder zu verspotten. Es putzte sich, rollte seinen schönen Schweif und schaute ihn mit klugen Augen an. Schließlich fürchtete er sich fast, mit diesem Tier allein zu sein. Bald schien das Eichhörnchen einen Menschenkopf zu haben und einen dreispitzigen Hut zu tragen, bald sah es wieder wie ein ganz gewöhnliches Eichhörnchen aus, nur hatte es an den Hinterfüßchen rote Strümpfe und schwarze Schuhe. Kohlenpeter graute es. Er war der Meinung, es gehe nicht mit rechten Dingen zu.

Schneller, als er gekommen war, zog Peter wieder ab. Das Dunkel des Tannenwaldes schien ihm immer schwärzer zu werden, die Bäume standen immer dichter, und er bekam solche Angst, daß er zu laufen begann. Erst, als er in der Ferne Hunde bellen hörte und bald darauf zwischen den Bäumen den Rauch aus dem Schornstein einer Hütte erblickte, wurde er wieder ruhiger.

Als er näher kam und die Tracht der Leute in der Hütte erblickte, bemerkte er, daß er aus Angst in die falsche Richtung gelaufen und statt bei Glasleuten bei Flözern gelandet sei. Die Leute, die in der Hütte wohnten, waren Holzfäller. Es waren ein alter Mann, sein Sohn, der Hauswirt, und einige erwachsene Enkel. Sie nahmen Kohlenmunk-Peter, der um ein Nachtlager bat, gut auf, ohne ihn nach seinem Namen und seinem Wohnort zu fragen. Sie gaben ihm Apfelwein zu trinken, und abends wurde ein großer Auerhahn, die köstlichste Speise im Schwarzwald, aufgetischt.

Nach dem Nachtessen setzten sich die Hausfrau und ihre Töchter mit ihren Spinnrocken um den großen Lichtspan, den die Jungen mit feinstem Tannenharz speisten. Der Großvater, der Gast und der Hauswirt rauchten und schauten den Frauen zu. Die Burschen schnitzten Löffel und Gabeln aus Holz. Draußen im Wald heulte der Sturm und raste in den Tannen, man hörte von da und dort heftige Schläge, und es schien oft, als ob ganze Bäume abgeknickt würden. Die Jungen, die keine Furcht hatten, wollten hinaus in den Wald laufen und dieses furchtbare und schöne Schauspiel mit ansehen, aber ihr Großvater hielt sie mit strengen Worten und einem ernsten Blick zurück. »Ich will keinem raten, daß er jetzt vor die Tür geht«, rief er ihnen zu. »Bei Gott, der kommt nimmermehr wieder. Der Holländer-Michel haut sich heute nacht ein neues Floß im Wald.«

Die Kleinen staunten ihn an. Sie hatten zwar anscheinend schon vom Holländer-Michel gehört, aber jetzt baten sie ihren Großvater, doch wieder von ihm zu erzählen. Auch Peter Munk, der vom Holländer-Michel auf der anderen Seite des Waldes nur vage gehört hatte, schloß sich ihnen an und fragte den Alten, wer denn jener sei und wo er hause.

»Er ist der Herr dieses Waldes, und da Ihr in Eurem Alter noch nichts über ihn gehört habt, schließe ich, daß Ihr drüben über dem Tannenbühl zu Hause seid. Ich erzähle Euch gerne vom Holländer-

Michel, was ich weiß und was die Sage von ihm berichtet. Vor etwa hundert Jahren, so sagte wenigstens mein Großvater, war weit und breit kein ehrlicheres Volk auf der Erde als die Schwarzwälder. Jetzt, seit soviel Geld im Lande ist, sind die Menschen unredlich und schlecht. Die jungen Burschen tanzen und johlen am Sonntag und fluchen, daß es ein Graus ist. Aber damals war es anders, und auch wenn er jetzt zu dem Fenster dort hereinschaute, so würde ich es sagen, und ich habe es schon oft gesagt, der Holländer-Michel ist schuld an der Verderbnis.

Es lebte also vor hundert Jahren oder mehr ein reicher Holzherr, der viel Gesinde hatte. Er trieb bis weit den Rhein hinunter Handel, und sein Geschäft war gesegnet, denn er war ein frommer Mann. Eines Abends kam ein Mann an seine Tür, wie er noch nie einen gesehen hatte. Seine Kleidung war wie die der Schwarzwälder Burschen, aber er war einen guten Kopf größer als alle, und man hätte nie geglaubt, daß es solch einen Riesen geben könne. Er bat um Arbeit bei dem Holzherrn, da er stark war und große Lasten tragen konnte. Er vereinbarte mit ihm einen Lohn, und sie schlugen ein. Der Michel war ein Arbeiter, wie der Holzherr noch keinen gehabt hatte. Beim Bäumeschlagen leistete er die Arbeit von drei Männern, und wenn sechs an einem Ende eines Stammes schleppten, so trug er das andere allein. Als er ein halbes Jahr Holz geschlagen hatte, trat er eines Tages vor seinen Herrn und sagte: ›Ich habe jetzt lange genug hier Holz gehackt, ich möchte jetzt auch sehen, wohin meine Stämme kommen. Wie wäre es, wenn Ihr mich auch einmal auf ein Floß ließet?‹

Der Holzherr antwortete: ›Ich habe nichts dagegen, Michel, wenn du auch einmal hinaus willst in die weite Welt. Beim Holzfällen brauche ich starke Leute wie dich, auf dem Floß aber kommt es auf die Geschicklichkeit an. Aber sei es für diesmal!‹

Und so geschah es. Das Floß, mit dem er fahren sollte, bestand aus den acht größten Zimmerbalken. Aber was geschah? Am Abend zuvor brachte der lange Michel noch acht Balken ans Wasser, so dick und lang, wie man sie vorher noch nie gesehen hatte. Er trug sie so leicht auf der Schulter wie eine Flözerstange, so daß alle staunten. Wo er sie gehauen hatte, weiß bis heute noch niemand. Dem Holzherrn lachte das Herz, als er dies sah. Er berechnete, was ihm diese Balken einbringen würden. Der Michel aber sagte: ›So, die sind für mich zum Fahren. Auf diesen kleinen Stöcken dort käme ich nicht weiter!‹

Sein Herr wollte ihm zum Dank ein Paar Flözerstiefel schenken, aber er warf sie zur Seite und holte ein Paar hervor, wie es sonst keine gab. Mein Großvater versicherte, sie hätten hundert Pfund gewogen und wären fünf Fuß lang gewesen. Das Floß fuhr ab, und wenn der Michel früher die Holzhauer in Verwunderung gesetzt hatte, so staunten jetzt die Flözer. Denn statt daß das Floß wegen der ungeheuren Balken langsamer auf dem Fluß ging, flog es, sobald sie in den Neckar kamen, wie ein Pfeil dahin. Wenn der Neckar eine Biegung machte, an der die anderen Flözer Mühe hatten, das Floß in der Mitte zu halten, um nicht auf Kies oder Sand aufzulaufen, sprang der Michel ins Wasser, rückte mit den Händen das Floß rechts oder links, so daß er jeder Gefahr ausweichen konnte. Kam dann eine gerade Stelle, so lief er vor, ließ alle Stangen beisetzen, steckte seinen ungeheuren Weberbaum in den Kies, und mit einem Druck flog das Floß dahin, daß das Land und die Bäume und Dörfer vorbeizujagen schienen. So waren sie in der Hälfte der Zeit, die man sonst brauchte, nach Köln am Rhein gekommen, wo sie gewöhnlich ihre Ladung verkauft hatten. Aber der Michel sagte zu ihnen: ›Ihr seid mir rechte Kaufleute und versteht euch auf euren Nutzen! Meint ihr denn, die Kölner brauchen all dieses Holz, das aus dem Schwarzwald kommt, für sich? Nein. Sie kaufen es euch um die Hälfte des Preises ab, um den sie es weiter nach Holland verkaufen. Wir wollen nur die kleinen Balken hier verkaufen und mit den großen nach Holland fahren. Was wir über dem gewöhnlichen Preis erzielen, ist unser eigener Profit.‹

So sprach der hinterhältige Michel, und die anderen waren einverstanden. Die einen, weil sie gerne nach Holland wollten, um zu sehen, wie es dort aussieht, und die anderen des Geldes wegen. Nur ein einziger war redlich und warnte sie, das Gut ihres Herrn der Gefahr auszusetzen und ihn um den höheren Preis zu betrügen. Aber sie hörten nicht auf ihn und vergaßen seine Worte. Nur der Holländer-Michel vergaß sie nicht. Sie fuhren mit dem Holz den Rhein hinab. Michel leitete den Zug und brachte sie schnell nach Rotterdam. Dort bot man ihnen das Vielfache von dem früheren Preis, und besonders die riesigen Balken des Michel wurden mit schwerem Geld bezahlt. Als die Schwarzwälder soviel Geld sahen, wußten sie sich vor Freude nicht zu fassen. Michel teilte es, einen Teil dem Holzherrn, die drei anderen den Männern. Und nun setzten sie sich mit Matrosen und anderem Gesindel in die Wirtshäuser, vertranken und verspielten ihr Geld. Den braven Mann aber, der sie gewarnt hatte, verkaufte der Holländer-Michel an einen Soldatenwerber, und man hat nie wieder etwas von ihm gehört. Von da an war den Burschen im Schwarzwald Holland ihr Paradies und der Holländer-Michel ihr König. Die Holzherren erfuhren lange nichts von dem Handel, und unbemerkt kamen Geld, Flüche, schlechte Sitten, Trunk und Spiel aus Holland herauf.

Der Holländer-Michel war, als die Geschichte herauskam, nirgends zu finden, aber er ist nicht tot. Seit hundert Jahren treibt er seinen Spuk im Wald, und man sagt, daß er schon vielen behilflich gewesen sei, reich zu werden, aber – auf Kosten ihrer armen Seele. Mehr will ich nicht sagen. Aber soviel ist gewiß, daß er sich noch heute in solchen Sturmnächten im Tannenbühl, wo man nicht hauen soll, die schönsten Tannen aussucht. Mein Vater hat gesehen, wie er einmal einen vier Schuh dicken Baum wie ein Rohr knickte. Das sind seine Geschenke an die, die sich vom rechten Weg abgewandt haben und ihm gefolgt sind. Um Mitternacht bringen sie dann die Flöße ins Wasser, und er rudert mit ihnen nach Holland. Aber wäre ich Herr und König von Holland, ich ließe meine Kanonen auf ihn richten, denn alle Schiffe, die auch nur *einen* Balken vom Holländer-Michel haben, müssen untergehen. Daher kommt es, daß man von so vielen Schiffbrüchen hört. Wie könnte denn sonst ein schönes, starkes Schiff, so groß wie eine Kirche, auf dem Wasser untergehen? Sooft der Holländer-Michel in einer Sturmnacht im Schwarzwald eine Tanne fällt, springt eine seiner alten aus dem Gefüge eines Schiffes. Das Wasser dringt ein, und Mann und Maus versinken.

Das ist die Sage vom Holländer-Michel, und es ist wahr, alles Böse im Schwarzwald geht auf ihn zurück. O ja, er kann einen reich machen«, setzte der Greis geheimnisvoll hinzu, »aber ich möchte nichts von ihm haben. Ich möchte um keinen Preis in der Haut des dicken Ezechiel und des langen Schlurkers stecken. Auch der Tanzbodenkönig soll sich ihm ergeben haben!«

Der Sturm hatte sich während der Erzählung des Alten gelegt. Die Mädchen zündeten ihre Lampen an und gingen. Die Männer legten Peter Munk einen Sack, mit Laub gefüllt, als Kopfkissen auf die Ofenbank und wünschten ihm gute Nacht.

Kohlenmunk-Peter hatte noch nie so schwere Träume gehabt wie in dieser Nacht. Bald glaubte er, der finstere, riesige Holländer-

Michel reiße die Stubenfenster auf und reiche ihm mit seinem ungeheuer langen Arm einen Beutel voll Goldstücke herein, die er schüttelte, und der helle Klang der Münzen erfreute den jungen Mann. Bald wieder sah er das kleine, freundliche Glasmännlein auf einer großen grünen Flasche im Zimmer reiten, und er vermeinte das heisere Lachen aus dem Tannenbühl zu hören. Dann brummte es ihm wieder im linken Ohr:

»In Holland gibt's Gold!
Könnt's haben, wenn Ihr wollt,
um geringen Sold!
Gold, Gold!«

Dann hörte er in seinem rechten Ohr das Lied vom Schatzhauser im grünen Tannenwald, und eine zarte Stimme flüsterte: »Dummer Kohlenpeter, dummer Peter Munk, kannst kein Sprüchlein reimen auf *stehen* und bist doch am Sonntag geboren, Schlag zwölf Uhr. Reime, dummer Peter, reime!«
Er ächzte und stöhnte im Schlaf, er mühte sich ab, einen Reim zu finden, aber da er in seinem Leben noch keinen gemacht hatte, war auch seine Mühe im Traum vergebens. Als er aber beim ersten Morgenrot erwachte, kam ihm doch sein Traum sonderbar vor. Er setzte sich mit verschränkten Armen an den Tisch und dachte über die Stimme nach, die er immer noch im Ohr hatte: »Reime, dummer Kohlenmunk-Peter, reime«, sprach er zu sich und schlug sich mit seiner Hand auf die Stirne, aber es wollte kein Reim herauskommen. Als er so dasaß und trüb vor sich hinstarrte und immer noch nach einem Reim auf *stehen* suchte, zogen drei Burschen an dem Haus vorbei, und einer sang:

»Am Berge tat ich stehen
und schaute in das Tal,
da hab' ich sie gesehen
zum allerletztenmal.«

Da kam Peter die Erleuchtung. Hastig raffte er sich auf, stürzte aus dem Haus, weil er meinte, nicht richtig gehört zu haben. Er lief den drei Burschen nach und packte den Sänger unsanft am Arm. »Halt, Freund! Was habt Ihr da auf *stehen* gereimt? Tut mir den Gefallen und wiederholt, was Ihr vorhin gesungen habt.«

»Was geht dich das an, Bursche?« entgegnete der Schwarzwälder. »Ich kann singen, was ich will. Laß meinen Arm los, oder –«

»Nein, du sollst mir sagen, was du gesungen hast!« schrie Peter und packte ihn noch fester. Die beiden anderen zögerten nun nicht länger, sondern fielen mit ihren derben Fäusten über den armen Peter her und verprügelten ihn so lange, bis er vor Schmerzen den dritten losließ und erschöpft in die Knie sank. »Jetzt hast du deinen Teil«, riefen sie lachend, »und merk es dir, du verrückter Bursche. So geht es einem, wenn man Leute, wie wir es sind, auf offenem Wege anfällt.«

»Ach, ich werde es mir gewiß merken!« erwiderte der Kohlenpeter seufzend. »Aber jetzt, wo ich die Schläge eingesteckt habe, seid so gut und sagt mir, was jener gesungen hat!«

Da begannen sie wieder zu lachen und ihn zu verspotten. Aber der, der das Lied gesungen hatte, sagte ihm den Text noch einmal. Lachend und singend zogen sie dann weiter.

»Also *sehen*«, sagte der Arme und richtete sich mühsam auf. »*Sehen* auf *stehen* – jetzt, Glasmännlein, wollen wir miteinander sprechen.«

Er ging in die Hütte, holte seinen Hut und den langen Stock, nahm Abschied von den Leuten und trat seinen Rückweg nach dem Tannenbühl an. Er ging langsam und nachdenklich seines Weges, denn er mußte sich ja einen Vers ausdenken. Als er schon in den Bereich des Tannenbühls gekommen war und die Bäume höher und dichter standen, hatte er endlich seinen Vers gefunden. Er machte einen Freudensprung. Da trat ein riesengroßer Mann in Flözerkleidung, in der Hand eine Stange, die so lange wie ein Mastbaum war, hinter den Tannen hervor. Peter Munk schlotterten die Knie, als er sah, daß der Mann langsam neben ihm herging. Er dachte, das müsse der Holländer-Michel und kein anderer sein.

Noch immer schwieg die furchterregende Gestalt, und Peter schielte von Zeit zu Zeit ängstlich zu ihm hinüber. Er war ungefähr einen Kopf größer als der längste Mann, den Peter je gesehen hatte. Sein Gesicht war nicht mehr jung, aber auch noch nicht alt und voller Furchen und Falten. Er trug ein Leinenwams, und auch die ungeheuren Stiefeln, die über die Lederhose hinaufgezogen waren, kannte Peter aus der Sage recht gut.

»Peter Munk, was tust du im Tannenbühl?« fragte der Waldkönig schließlich mit tiefer, dröhnender Stimme.

»Guten Morgen, Landsmann«, antwortete Peter. Er wollte sich unerschrocken zeigen, aber er zitterte doch heftig. »Ich will durch den Tannenbühl nach Hause zurück.«

»Peter Munk«, erwiderte jener und warf Peter einen furchtbar stechenden Blick zu. »Dein Weg geht nicht durch diesen Wald.«

»Nun, der direkte Weg nicht«, gab jener zu. »Aber es ist heute so warm, und da dachte ich mir, daß es hier kühler wäre.«

»Lüge nicht, Kohlenpeter!« rief Holländer-Michel mit donnernder Stimme. »Oder ich schlage dich mit meiner Stange nieder. Meinst du, ich habe nicht gesehen, wie du den Kleinen angebettelt hast?« setzte er sanft hinzu. »Das war dumm von dir. Es ist gut, daß du das Sprüchlein nicht wußtest. Er ist knausrig, der kleine Kerl, und gibt nicht viel, und wem er gibt, der wird seines Lebens nicht froh. – Peter, du bist ein armer Tropf und du tust mir in der Seele leid. So ein munterer, hübscher Bursche, der es in der Welt weit bringen könnte, und muß Kohlen brennen! Wenn andere Taler oder Dukaten aus dem Ärmel schütteln, kannst du mit Mühe und Not ein paar Sechser ausgeben. Du führst ein ärmliches Leben.«

»Ja, das ist wahr. Ihr habt recht, es ist ein elendes Leben.«

»Na, mir soll es nicht darauf ankommen«, fuhr der schreckliche Michel fort. »Ich habe schon manchem braven Kerl aus seiner Not geholfen. Du wärst nicht der erste. Sag mir, wieviel hundert Taler wünscht du dir vorerst?«

Bei diesen Worten schüttelte er in seiner riesigen Tasche Geld, und Peter hörte dasselbe Geräusch wie in seinem Traum. Aber sein

Herz zuckte schmerzlich und ängstlich, und ihm wurde kalt und heiß, denn der Holländer-Michel sah nicht aus, wie wenn er aus purem Mitleid Geld wegschenkte, ohne etwas dafür zu verlangen. Die geheimnisvollen Worte des alten Mannes über die Reichen fielen ihm wieder ein, und eine unerklärliche Angst überkam ihn. »Schönen Dank, Herr!« rief er. »Aber ich möchte mit Euch nichts zu schaffen haben. Ich kenne Euch!« Und er lief, was er laufen konnte.

Aber der Waldgeist blieb neben ihm und murmelte dumpf und drohend: »Du wirst es noch bereuen, Peter. Auf deiner Stirne steht es geschrieben, in deinem Auge ist es zu lesen, daß du mir nicht entgehst. – Lauf nicht so schnell weg. Hör doch nur noch ein vernünftiges Wort, denn dort oben ist schon meine Grenze!«

Als Peter dies hörte und ganz nahe einen kleinen Graben sah, beeilte er sich nur noch mehr, über die Grenze zu kommen. Der Michel mußte schließlich auch schneller laufen. Er verfolgte ihn unter Flüchen und Drohungen. Peter aber setzte mit einem verzweifelten Sprung über den Graben, denn er sah, wie der Waldgeist mit seiner Stange ausholte und sie auf ihn niederschmettern lassen

wollte. Peter landete aber glücklich an der anderen Seite. Die Stange zersplitterte in der Luft wie an einer unsichtbaren Mauer, und ein langes Stück fiel zu ihm hinüber.

Triumphierend hob er es auf, um es dem Holländer-Michel zuzuwerfen, da fühlte er, wie sich das Stück Holz in seiner Hand bewegte. Er sah zu seinem Entsetzen eine ungeheure Schlange in seiner Hand, die sich mit geifernder Zunge und blitzenden Augen zu ihm wandte. Er ließ sie los, aber sie hatte sich um seinen Arm gewickelt und kam mit schwankendem Kopf seinem Gesicht immer näher. Da rauschte auf einmal ein großer Auerhahn nieder, packte den Kopf der Schlange mit dem Schnabel und erhob sich mit ihr in die Lüfte. Der Holländer-Michel, der das Ganze mit angesehen hatte, heulte und schrie und raste, als die Schlange von einem Gewaltigeren, als er es war, entführt wurde.

Erschöpft und zitternd setzte Peter seinen Weg fort. Der Pfad wurde steiler und die Gegend wilder. Bald befand er sich vor der großen Tanne. Er machte wie gestern seine Verbeugungen gegen das unsichtbare Glasmännchen und begann dann:

»Schatzhauser im grünen Tannenwald,
bist schon viel hundert Jahre alt;
dein ist all Land, wo Tannen stehn,
läßt dich nur Sonntagskindern sehn.«

»Hast's zwar nicht ganz getroffen, aber weil du es bist, Kohlenmunk-Peter, so soll es hingehen«, sprach da eine feine, zarte Stimme neben ihm. Erstaunt sah er sich um. Unter einer schönen Tanne saß ein kleines altes Männlein in schwarzem Wams und roten Strümpfen und mit einem großen Hut auf dem Kopf. Es hatte ein freundliches Gesichtchen und ein Bärtchen so zart wie aus Spinnweben. Es war sonderbar anzusehen, wie es aus einer blauen Glaspfeife rauchte, und als Peter näher trat, sah er zu seinem Erstaunen, daß auch Kleider, Schuhe und Hut des Kleinen aus gefärbtem Glas waren.

Das Glas war aber geschmeidig, als ob es noch heiß wäre, denn es gab wie Tuch jeder Bewegung des Männleins nach.
»Du bist diesem Flegel begegnet, dem Holländer-Michel?« fragte der Kleine und hüstelte ganz eigenartig zwischen den Worten. »Er hat dir Angst machen wollen, aber seinen Zauberprügel habe ich ihm abgejagt. Er soll ihn nimmer wiederkriegen!«
»Ja, Herr Schatzhauser«, erwiderte Peter mit einer tiefen Verbeugung. »Ich hatte wirklich Angst. Und Ihr seid wohl der Herr Auerhahn gewesen, der die Schlange totgebissen hat? Ich bedanke mich recht schön. – Ich komme aber, um bei Euch Rat zu suchen. Es geht mir gar schlecht. Ein Kohlenbrenner bringt es nicht weit, und da ich noch jung bin, dachte ich, es könne noch etwas Besseres aus mir werden. Wenn ich die anderen sehe, wie weit die es in kurzer Zeit gebracht haben – wenn ich nur den dicken Ezechiel nehme und den Tanzbodenkönig, die haben Geld wie Heu.«
»Peter«, sagte der Kleine sehr ernst und blies den Rauch aus seiner Pfeife, »Peter, erzähle mir nichts von *diesen!* Was haben sie davon, wenn sie hier ein paar Jahre zum Schein glücklich, aber später um so unglücklicher sind? Du darfst dein Handwerk nicht verachten. Dein Vater und dein Großvater waren ehrenwerte Leute, und sie haben es auch ausgeübt, Peter Munk! Ich will nicht hoffen, daß es eine Neigung zum Müßiggang ist, die dich zu mir führt.«
Peter erschrak über diese ernsten Worte des Männleins und errötete. »Nein«, sagte er, »Müßiggang, das weiß ich wohl, Herr Schatzhauser im Tannenwald, Müßiggang ist aller Laster Anfang. Aber Ihr könnt mir nicht verübeln, wenn mir ein anderer Beruf besser gefiele als meiner. Ein Kohlenbrenner wird auf dieser Welt so gering geachtet. Die Glasleute, die Flözer oder die Uhrmacher, sie alle sind viel angesehener.«
»Hochmut kommt oft vor dem Fall«, erwiderte der kleine Herr vom Tannenwald etwas freundlicher. »Ihr seid ein sonderbares Geschlecht, ihr Menschen! Selten ist einer mit dem Stand zufrieden, in dem er geboren und aufgewachsen ist. Und ich möchte wetten, wenn du ein Glasmann wärst, möchtest du gern ein Holzherr sein,

und wärest du ein Holzherr, so sehntest du dich danach, ein Förster oder Amtmann zu sein. Aber es geschehe! Wenn du versprichst, fleißig zu arbeiten, so will ich dir zu etwas Besserem verhelfen, Peter! Ich pflege jedem Sonntagskind, das zu mir kommt, drei Wünsche zu gewähren. Die ersten zwei sind frei, die Erfüllung des dritten kann ich verweigern, wenn er töricht ist. Wünsch dir also jetzt etwas, aber Peter – es soll etwas Gutes und Nützliches sein!«

»Heißa! Ihr seid ein großartiges Glasmännlein, und mit Recht nennt man Euch den Schatzhauser, denn bei Euch sind die Schätze zu Hause. Nun – wenn ich mir jetzt wünschen darf, was mein Herz begehrt, so möchte ich als erstes noch besser tanzen können als der Tanzbodenkönig und jedesmal so viel Geld in der Tasche haben wie der dicke Ezechiel.«

»Du Tor!« rief der Kleine zürnend. »Was ist das für ein erbärmlicher Wunsch, gut tanzen zu können und Geld zum Spielen zu haben! Schämst du dich nicht, dummer Peter, daß du dich so um dein Glück bringst? Was nützt es dir und deiner Mutter, wenn du gut tanzen kannst? Was nützt dir das Geld, wenn es nur für das Wirtshaus ist und wie das des elenden Tanzbodenkönigs dort bleibt? Dann hast du doch wieder die ganze Woche über nichts und bist arm wie zuvor. Noch *einen* Wunsch gebe ich dir frei, aber sieh dich vor, daß du dir etwas Vernünftigeres wünschst!«

Peter kratzte sich hinter den Ohren und sprach nach einigem Zögern: »Nun, so wünsche ich mir die schönste und reichste Glashütte im ganzen Schwarzwald mit allem Zubehör und Geld, um sie zu leiten.«

»Sonst nichts?« fragte der Kleine mit besorgter Miene. »Peter, sonst nichts?«

»Nun – Ihr könnt noch ein Pferd dazutun und ein Wägelchen –«

»Oh, du dummer Kohlenmunk-Peter!« rief der Kleine und warf seine Glaspfeife zornig gegen eine dicke Tanne, so daß sie in tausend Stücke zersprang. »Pferde? Wägelchen? Verstand, sag' ich dir, Verstand, gesunden Menschenverstand und Einsicht hättest du dir wünschen sollen, aber nicht ein Pferdchen und ein Wägelchen. Nun, du brauchst nicht gleich traurig zu werden, wir wollen sehen, daß wir auch so etwas Gutes für dich daraus machen. Der zweite Wunsch war im ganzen nicht ganz töricht. Eine gute Glashütte nährt ihren Mann, nur hättest du Einsicht und Verstand dazu mitnehmen können. Wagen und Pferde wären dann wohl von selbst gekommen.«

»Aber, Herr Schatzhauser«, erwiderte Peter, »ich habe ja noch einen Wunsch übrig. Da könnte ich mir ja Verstand wünschen, wenn er so nötig ist, wie Ihr meint.«

»Nichts da! Du wirst noch in manche Verlegenheit kommen, in der du froh sein wirst, wenn du noch einen Wunsch frei hast. Und nun mache dich auf den Weg nach Hause! Hier sind«, sprach der kleine Tannengeist und zog einen kleinen Beutel aus der Tasche, »hier sind zweitausend Gulden, und damit genug. Komm mir nicht wieder, um Geld zu fordern, denn dann müßte ich dich an der höchsten Tanne aufhängen! So habe ich es gehalten, seit ich in diesem Wald wohne. Vor drei Tagen ist der alte Winkfritz gestorben, der die große Glashütte im Unterwald gehabt hat. Gehe morgen früh dorthin und mache ein Angebot, wie es Sitte ist. Halte dich gut, sei fleißig, und ich will dich zuweilen besuchen und dir mit Rat und Tat zur Seite stehen, da du dir doch keinen Verstand erbeten hast. Aber das sage ich dir in allem Ernst noch einmal, dein erster Wunsch war böse. Hüte dich vor dem ewigen Ins-Wirtshaus-Laufen, Peter! Das hat noch bei keinem lang gutgetan!«

Das Männlein hatte während dieser Worte eine neue schöne Glaspfeife hervorgezogen, sie mit gedörrten Tannenzapfen gestopft und in den kleinen, zahnlosen Mund gesteckt. Dann zog es ein riesengroßes Brennglas hervor, trat damit in die Sonne und zündete seine Pfeife an. Als es fertig war, bot es Peter freundlich die Hand, gab ihm noch ein paar gute Lehren mit auf den Weg und verschwand schließlich in einer Rauchwolke, die nach echtem holländischen Tabak roch und, sich langsam kräuselnd, in den Tannenwipfeln verschwebte.

Als Peter nach Hause kam, fand er seine Mutter in großer Sorge um ihn vor. Die gute Frau hatte geglaubt, man hätte ihn zum Soldaten ausgehoben. Er war aber fröhlich und guter Dinge und erzählte ihr, daß er im Wald einen guten Freund getroffen, der ihm Geld vorgeschossen habe, um ein anderes Geschäft als Kohlenbrennen anzufangen. Obwohl seine Mutter schon seit dreißig Jahren in der Köhlerhütte wohnte und den Anblick berußter Gesichter so gewöhnt war wie jede Müllerin das Mehlgesicht ihres Mannes, so war sie doch eitel genug, als sich ihrem Peter ein besseres Los zeigte, ihren früheren Stand zu verachten. Sie sprach: »Ja, als Mutter eines Mannes, der eine Glashütte besitzt, bin ich doch was anderes als meine Nachbarinnen Grete und Bethe, und in Zukunft werde ich mich in der Kirche vorne hinsetzen, wo die reichen Leute sitzen.«

Ihr Sohn wurde mit den Erben der Glashütte bald handelseinig. Er behielt die Arbeiter, die er vorfand, und ließ nun Tag und Nacht Glas machen. Anfangs gefiel ihm das neue Handwerk sehr. Er pflegte gemächlich in die Glashütte hinabzusteigen, ging dort mit gemessenen Schritten, die Hände in den Hosentaschen, hin und her, guckte dahin, guckte dorthin, sprach dies und jenes, worüber seine Arbeiter oft lachen mußten. Es war seine größte Freude zuzusehen, wie das Glas geblasen wurde. Oft versuchte er es selbst und formte aus der noch weichen Masse die sonderbarsten Figuren. Bald aber wurde ihm die Arbeit langweilig. Er kam zuerst nur mehr eine Stunde am Tag in die Hütte, dann nur alle zwei Tage und schließlich einmal in der Woche. Seine Gesellen machten nun, was sie wollten. Das kam aber nur vom Ins-Wirtshaus-Laufen.

An dem Sonntag, nachdem er vom Tannenbühl zurückgekommen war, ging Peter ins Wirtshaus. Der Tanzbodenkönig war schon beim Tanzen, und der dicke Ezechiel saß auch schon hinter seinem Maßkrug und würfelte um Kronentaler. Da fuhr Peters Hand schnell in seine Tasche, um zu sehen, ob das Glasmännlein Wort gehalten hatte, und siehe, seine Taschen waren voller Gold und Silber. Auch in seinen Beinen zuckte und juckte es, als ob sie tanzen und springen wollten, und als der erste Tanz vorüber war, stellte er sich mit seiner Tänzerin neben den Tanzbodenkönig. Wenn dieser drei Schuh hoch sprang, flog Peter vier, und machte dieser elegante, zierliche Schritte, so drehte Peter seine Füße, daß alle Zuschauer ihn voll Vergnügen und Bewunderung ansahen. Als man aber auf dem Tanzboden vernahm, daß sich Peter eine Glashütte gekauft habe, als man sah, daß er, sooft er an den Musikanten vorbeitanzte, ihnen ein Silberstück zuwarf, da hörte das Staunen nicht mehr auf. Die einen glaubten, er habe im Wald einen Schatz gefunden, die anderen meinten, er habe geerbt, aber alle bewunderten ihn und hielten ihn für einen gemachten Mann, nur weil er Geld hatte. Noch am selben Abend verspielte er zwanzig Gulden, und trotzdem klimperte es in seiner Tasche, wie wenn noch hundert Taler darin wären.

Als Peter sah, wie angesehen er nun war, wußte er sich vor Freude

und Stolz nicht zu fassen. Er warf das Geld mit vollen Händen um sich, gab auch viel davon den Armen, denn er wußte noch zu gut, wie ihn selbst die Armut einmal gedrückt hatte. Die Künste des Tanzbodenkönigs wurden von den unwahrscheinlichen Künsten des neuen Tänzers überschattet, und Peter bekam den Namen Tanzbodenkaiser. Die verwegensten Spieler wagten nicht soviel wie er, aber sie verloren auch nicht soviel. Und je mehr er verlor, desto mehr gewann er. Das verhielt sich genau so, wie er es sich vom Glasmännchen erbeten hatte. Er hatte sich gewünscht, immer so viel Geld in der Tasche zu haben wie der dicke Ezechiel, und gerade an den verspielte er sein Geld. Wenn er zwanzig oder dreißig Gulden auf einmal verlor, so hatte er sie sogleich wieder in der Tasche, wenn sie Ezechiel einstrich. Nach und nach trieb er es mit dem Trinken und Spielen ärger als jeder im Schwarzwald, und man nannte ihn jetzt viel öfter Spielpeter als Tanzkaiser. Er spielte jetzt beinahe an allen Werktagen.

Die Glashütte verfiel immer mehr, und daran war Peters Unverstand schuld. Er ließ so viel Glas machen, wie man nur machen konnte, aber er hatte mit der Hütte nicht auch das Geheimnis gekauft, wohin man es liefern könne. Er wußte schließlich mit dem vielen Glas nichts anzufangen und verkaufte es um den halben Preis an herumziehende Händler, nur um seine Arbeiter bezahlen zu können.

Eines Abends ging er wieder einmal aus dem Wirtshaus heim, und er dachte trotz des vielen Weines, den er getrunken hatte, um fröhlicher zu werden, mit Schrecken und Trauer an den Verfall seines Vermögens. Da bemerkte er plötzlich, daß jemand neben ihm herging. Er sah sich um, und – es war das Glasmännlein.

Da geriet er in Wut und schimpfte und schwor, der Kleine sei an seinem Unglück schuld. »Was tu ich nun mit Pferd und Wägelchen?« rief er. »Was nützt mir die Hütte und all mein Glas? Selbst als ich noch ein armer Köhler war, lebte ich froher und hatte keine Sorgen. Jetzt weiß ich nicht, wann der Amtmann kommt und meine Habe schätzt und mich wegen meiner Schulden pfändet!«

»So?« entgegnete das Glasmännlein. »So? Ich soll also schuld daran sein, daß du unglücklich bist? Ist das der Dank für meine Wohltaten? Wer hat dir denn befohlen, du solltest deine Wünsche so töricht wählen? Du wolltest ein Glasmann sein, ohne zu wissen, wohin man Glas verkauft? Sagte ich nicht, du solltest dir deine Wünsche gut überlegen? Verstand, Peter, Klugheit, das ist es, was dir fehlt.«
»Wieso Verstand und Klugheit!« rief jener. »Ich bin ein so kluger Bursche wie irgendeiner, und ich will es dir zeigen, Glasmännlein«, und bei diesen Worten faßte er das Männlein unsanft am Kragen und schrie: »Hab' ich dich jetzt, Schatzhauser im grünen Tannenwald? Und jetzt will ich den dritten Wunsch äußern, den sollst du mir gewähren. Ich will auf der Stelle zweimal hunderttausend harte Taler und ein Haus und – o weh!« Er schüttelte seine Hand. Das Waldmännlein hatte sich in glühendes Glas verwandelt, und Peters Hand brannte, wie wenn er in sprühendes Feuer gegriffen hätte. Und von dem Männlein war nichts mehr zu sehen.
Mehrere Tage erinnerte ihn seine geschwollene Hand an seine Undankbarkeit und Torheit. Dann aber übertäubte er sein Gewissen und sprach: »Und wenn sie mir die Glashütte und alles verkaufen, so bleibt mir immer noch der dicke Ezechiel. Solange der am Sonntag Geld hat, kann es mir nicht fehlen.«

Ja, Peter! Aber wenn er keines hat? – Und so kam es auch eines Tages. Es war Sonntag, und Peter fuhr zum Wirtshaus. Die Leute steckten die Köpfe aus dem Fenster, und der eine sagte: »Da kommt der Spielpeter«, und der andere: »Ja, der Tanzkaiser, der reiche Glasmann«, und ein dritter schüttelte den Kopf und sagte: »Mit dem Reichtum ist es nicht weit her. Man spricht allerlei über seine Schulden, und in der Stadt hat einer erzählt, es dauerte nicht mehr lange und dann käme der Amtmann, um zu pfänden.« Der reiche Peter grüßte aber vornehm die Leute an den Fenstern. Er stieg vom Wagen und rief: »Guten Abend, Sonnenwirt. Ist der dicke Ezechiel schon da?«

Eine tiefe Stimme antwortete: »Nur herein, Peter! Dein Platz ist freigehalten, wir sind da und spielen schon.«

Peter Munk trat in die Wirtsstube. Er griff in seine Tasche und merkte gleich, daß der dicke Ezechiel diesmal gut versehen sein müsse, denn auch seine Tasche war bis oben angefüllt.

Er setzte sich zu den anderen an den Tisch und gewann und verlor abwechselnd. Sie spielten, bis am Abend die anderen ehrlichen Leute nach Hause gingen. Sie spielten bei Licht, bis zwei weitere Spieler sagten: »Jetzt ist es genug, wir müssen heim zu Frau und Kind.«

Aber Spielpeter forderte den dicken Ezechiel auf, noch zu bleiben. Dieser wollte eigentlich nicht, schließlich aber willigte er ein. Er sagte: »Gut, aber ich muß jetzt mein Geld zählen, und dann wollen wir würfeln, jeder Satz soll mit fünf Gulden Einsatz gespielt werden. Darunter ist es nur etwas für Kinder.«

Er zog seinen Beutel heraus und zählte. Es waren hundert Gulden. Spielpeter wußte nun, wieviel er selbst hatte. Er brauchte nicht erst zu zählen. Ezechiel, der vorher gewonnen hatte, verlor nun Satz um Satz, und er fluchte greulich. Warf er gleiche Zahlen, warf sie auch Spielpeter und meist um zwei Augen höher. Da setzte er endlich seine letzten fünf Gulden und rief: »Noch einmal, und wenn ich den auch noch verliere, dann höre ich immer noch nicht auf. Du borgst mir doch von deinem Gewinn, Peter! Ein ehrlicher Kerl hilft dem anderen.«

»Soviel du willst, und wenn es hundert Gulden sein sollten«, antwortete der Tanzkaiser, der sich über seinen Gewinn freute. Der dicke Ezechiel schüttelte die Würfel und warf fünfzehn. »So, jetzt wollen wir sehen!« triumphierte er, aber Peter warf achtzehn, und er hörte eine heisere, bekannte Stimme hinter sich, die sagte: »So, das waren die *letzten*.«

Er sah sich um. Der Holländer-Michel stand riesengroß hinter ihm. Erschrocken ließ er das Geld fallen, das er eingestrichen hatte. Der dicke Ezechiel sah den Waldmann nicht. Er verlangte, der Spielpeter soll ihm zum Weiterspielen zehn Gulden vorstrecken. Halb im Traum fuhr dieser mit der Hand in seine Hosentasche, aber da war kein Geld. Er suchte in der anderen Tasche, aber auch da fand er nichts. Er kehrte die Taschen seines Rockes um, aber auch da kam kein roter Heller heraus. Jetzt fiel ihm sein eigener Wunsch ein, immer so viel Geld zu haben wie der dicke Ezechiel. Nun war alles wie ein Rauch verschwunden.

Der Wirt und Ezechiel sahen ihn erstaunt an, als er immer weitersuchte und sein Geld nicht finden konnte. Sie wollten ihm nicht glauben, daß er keines hatte. Als sie aber selbst in seinen Taschen gesucht hatten, wurden sie zornig und schworen, Spielpeter sei ein böser Zauberer und habe all das gewonnene Geld und auch seines nach Hause gewünscht. Peter verteidigte sich standhaft, aber alles sprach gegen ihn. Ezechiel sagte, er wolle die Geschichte allen Leuten im Schwarzwald erzählen, und der Wirt versprach, morgen in aller Frühe in die Stadt zu gehen und Peter Munk als Zauberer anzuklagen. Und er werde es erleben, setzte er hinzu, wie man ihn verbrenne. Dann fielen sie wütend über ihn her, rissen ihm sein Wams vom Leibe und warfen ihn zur Tür hinaus.

Kein Stern schien am Himmel, als Peter trübsinnig zu seiner Wohnung schlich. Dennoch konnte er eine dunkle Gestalt erkennen, die neben ihm herschritt. Schließlich sprach diese: »Mit dir ist es aus, Peter Munk. Deine Herrlichkeit hat ein Ende, und das hätte ich dir damals schon voraussagen können, als du nichts von mir wissen wolltest und zu dem dummen Glaszwerg liefst. Da siehst du nun, was man davon hat, wenn man meinen Rat mißachtet. Aber ich habe Mitleid mit deinem Schicksal. Versuch es doch einmal mit mir. Es hat noch keinen gereut, der sich an mich wandte, und wenn du den Weg nicht scheust, ich bin morgen den ganzen Tag im Tannenbühl zu sprechen, wenn du mich rufst.«

Peter wußte recht gut, wer es war, der ihm das sagte. Aber er bekam plötzlich eine grauenvolle Angst. Er antwortete nicht, sondern lief seinem Haus zu. Als Peter am Montagmorgen in seine Glashütte ging, da waren nicht nur seine Arbeiter da, sondern auch andere Leute, die man nicht gerne sieht, nämlich der Amtmann und drei Gerichtsdiener. Der Amtmann wünschte Peter einen guten Morgen und fragte, wie er geschlafen habe. Dann aber zog er ein langes Register heraus, und darauf waren Peters Gläubiger verzeichnet. »Könnt Ihr zahlen oder nicht?« fragte der Amtmann mit strengem Blick. »Macht es kurz, ich habe nicht viel Zeit! Der Weg zum Schuldturm ist gut drei Stunden weit.«

Da gestand Peter verzweifelt, daß er nichts mehr habe, und er überließ es dem Amtmann, Haus und Hof, Hütte und Stall, Wagen und Pferde zu schätzen. Als der Amtmann und die Gerichtsdiener umhergingen und prüften und schätzten, dachte er, bis zum Tannenbühl sei es nicht weit. Hat mir der *Kleine* nicht geholfen, so will ich es einmal mit dem *Großen* versuchen. Er lief so schnell, als ob ihm die Gerichtsdiener auf den Fersen wären, dem Tannenbühl zu.

Als er an dem Platz vorbeirannte, wo er das Glasmännlein zum erstenmal gesprochen hatte, schien es ihm, als halte ihn eine unsichtbare Hand fest. Aber er riß sich los und lief weiter bis an die Grenze, die er noch von früher kannte. Kaum hatte er, völlig außer Atem, »Holländer-Michel! Herr Holländer-Michel!« gerufen, als auch schon der riesengroße Flözer mit seiner Stange vor ihm stand. »Kommst du?« fragte dieser lachend. »Wollen sie dir die Haut abziehen und sie an deine Gläubiger verkaufen? Nun, du kannst ruhig sein! Dein ganzer Jammer kommt, wie gesagt, von dem kleinen Glasmännlein, von diesem Frömmler. Wenn man schenkt, muß man gleich richtig schenken und nicht wie dieser Knauser.

Komm«, fuhr er fort und wandte sich gegen den Wald. »folge mir in mein Haus. Dort wollen wir sehen, ob wir handelseinig werden.«
»Handelseinig?« dachte Peter. »Was kann er denn von mir verlangen, was kann ich an ihn verkaufen? Soll ich ihm vielleicht dienen, oder was will er?«
Sie stiegen zuerst einen steilen Waldweg hinauf und standen dann mit einemmal an einer dunklen, tiefen, abschüssigen Schlucht. Holländer-Michel sprang den Felsen hinunter, wie wenn es eine Marmortreppe wäre. Peter erstarrte vor Schreck, denn als jener unten angekommen war, machte er sich groß wie ein Kirchturm und reichte ihm einen Arm, der so lang war wie ein Weberbaum. Die Hand war so breit wie der Tisch in einem Wirtshaus. Eine Stimme klang wie eine tiefe Totenglocke herauf: »Setz dich nur auf meine Hand und halte dich an den Fingern fest, dann wirst du nicht herunterfallen.«
Peter folgte zitternd. Er nahm auf der Hand Platz und hielt sich am Daumen des Riesen fest. Es ging weit und tief hinunter, aber zu

Peters Verwunderung wurde es nicht dunkler. Im Gegenteil, das Tageslicht schien sogar zuzunehmen in der Schlucht, und es dauerte eine Weile, bis seine Augen es ertragen konnten. Je weiter Peter hinunterkam, desto mehr hatte sich der Holländer-Michel wieder verkleinert. Nun stand er in seiner früheren Gestalt vor einem Haus, das genauso aussah wie das eines reichen Bauern im Schwarzwald. Die Stube, in die Peter geführt wurde, unterschied sich durch nichts von den Stuben anderer Leute als vielleicht dadurch, daß man kein Lebewesen in ihr sah.

Die hölzerne Wanduhr, der riesige Kachelofen, die breiten Bänke, das Gerät auf den Gesimsen waren hier wie überall. Michel bedeutete ihm, an einem großen Tisch Platz zu nehmen. Er ging hinaus und kam bald mit einem Krug Wein und Gläsern wieder. Er goß ein und nun redeten sie. Holländer-Michel erzählte von den Freuden der Welt, von fremden Ländern, schönen Städten und Flüssen, so daß Peter schließlich große Sehnsucht bekam, das auch einmal zu sehen. Er sagte es dem Holländer auch offen.

»Wenn du in deinem ganzen Körper Mut und Kraft spürtest, etwas zu unternehmen, da konnten dich trotzdem ein paar Schläge des dummen Herzens zum Zittern bringen. Kränkung der Ehre, Unglück, warum soll ein vernünftiger Kerl sich darum kümmern? Hast du es im Kopf empfunden, als dich letzthin einer einen Betrüger und einen schlechten Kerl nannte? Hat es dir im Magen weh getan, als der Amtmann kam, um dich aus dem Haus zu werfen? Was hat dir wirklich weh getan? Sag es!«

»Mein Herz«, antwortete Peter und preßte seine Hand an die pochende Brust, denn es schien ihm, als ob sich sein Herz voll Angst bewegte.

»Du hast, nimm es mir nicht übel, du hast viele hundert Gulden an elende Bettler und anderes Gesindel verschleudert. Was hat es dir genützt? Sie haben dir Gesundheit und Segen gewünscht, bist du deswegen gesünder geworden? Um die Hälfte des verschleuderten Geldes hättest du dir einen Leibarzt halten können. Und Segen, ja ein schöner Segen, wenn man gepfändet und ausgestoßen wird!

Und was war es, das dich dazu getrieben hat, jedesmal in die Tasche zu greifen, wenn dir ein Bettler seinen zerlumpten Hut hinstreckte? – Dein Herz, wieder dein Herz, weder deine Augen noch deine Zunge, weder deine Arme noch deine Beine, sondern dein Herz. Du hast dir alles, wie man so richtig sagt, zu sehr zu Herzen genommen.«

»Aber wie kann man sich denn angewöhnen, daß es nicht mehr so ist? Ich gebe mir jetzt alle Mühe, es zu unterdrücken, und dennoch pocht mein Herz und tut mir weh.«

»Du freilich«, lachte jener, »du, armer Schelm, kannst nichts dagegen tun. Aber gib mir das dumme, pochende Ding, und du wirst sehen, wie gut du es dann hast.«

»Euch mein Herz?« schrie Peter entsetzt. »Da müßte ich ja auf der Stelle sterben! Niemals!«

»Ja, wenn dir einer eurer Herren Chirurgen das Herz aus dem Leib operieren würde, da müßtest du wohl sterben. Aber bei mir ist das anders. Doch komm und überzeuge dich selbst.«

Er stand auf und öffnete eine Kammertür. Er führte Peter in den Raum. Sein Herz zog sich krampfhaft zusammen, als er auf der Schwelle stand. Aber er achtete nicht darauf, denn es bot sich ihm ein sonderbarer, überraschender Anblick. Auf mehreren Holzgesimsen standen Gläser, die mit einer durchsichtigen Flüssigkeit gefüllt waren. In jedem dieser Gläser lag ein Herz. Auf den Gläsern waren Zettel angeklebt, auf die Namen geschrieben waren. Neugierig las Peter. Da waren das Herz des Amtmannes in F., das Herz des dicken Ezechiel, des Herz des Tanzbodenkönigs, das Herz des Oberförsters. Da waren sechs Herzen von Kornwucherern, acht von Werbeoffizieren, drei von Geldmaklern – kurz es war eine Sammlung der Herzen der angesehensten Männer der ganzen Gegend.

»Schau!« sagte der Holländer-Michel. »Diese alle haben die Ängste und Sorgen des Lebens weggeworfen. Keines dieser Herzen schlägt mehr aus Furcht, und ihren ehemaligen Besitzern geht es gut. Sie sind froh, daß sie den unruhigen Geist aus dem Haus haben.«

»Aber was tragen sie jetzt dafür in der Brust?« fragte Peter, den das alles, was er gesehen hatte, verwirrte.

»Dies«, antwortete Holländer-Michel und holte aus einer Schublade – ein Herz aus Stein.
»So?« erwiderte Peter, und ein Schauer lief ihm über den Rücken. »Ein Herz aus Marmor? Aber hör einmal, Holländer-Michel, das muß doch sehr kalt in der Brust liegen.«
»Ja, es ist ganz angenehm kühl. Aber warum soll denn ein Herz warm sein? Im Winter nützt dir die Wärme nichts, da hilft ein gutes Kirschwasser besser als ein warmes Herz, und im Sommer, wenn es heiß und schwül ist – du glaubst gar nicht, wie dann ein solches Herz kühlt. Und wie gesagt, weder Angst noch Schrecken, weder törichtes Mitleid oder irgendein anderer Jammer berührt ein solches Herz.«
»Und das ist alles, was Ihr mir geben könnt?« fragte Peter unmutig. »Ich hoffte auf Geld, und Ihr wollt mir einen Stein geben!«
»Nun, ich denke, mit hunderttausend Gulden hast du fürs erste

genug. Wenn du es geschickt anstellst, kannst du damit bald Millionär werden.«

»Hunderttausend?« rief der arme Köhler voll Freude. »Nun, so poche nicht so ungestüm in meiner Brust! Wir werden bald fertig sein miteinander. Gut, Michel! Gebt mir den Stein und das Geld, und die Unruhe könnt Ihr aus ihrem Gehäuse nehmen!«

»Ich wußte doch, daß du ein vernünftiger Bursche bist«, antwortete der Holländer und lächelte freundlich. »Komm, wir wollen noch einen trinken, und dann will ich dir das Geld auszahlen.«

Sie setzten sich wieder in die Stube zum Wein, tranken und tranken immer weiter, bis Peter in einen tiefen Schlaf verfiel.

Kohlenmunk-Peter erwachte durch das fröhliche Schmettern eines Posthorns. Er saß in einem schönen Wagen und fuhr auf einer breiten Straße dahin. Als er sich aus dem Wagen beugte, sah er in blauer Ferne hinter sich den Schwarzwald liegen. Er wollte zuerst gar nicht glauben, daß er es wirklich sei, der hier in diesem Wagen saß. Auch seine Kleider waren nicht mehr dieselben, die er am Tag vorher getragen hatte. Aber er konnte sich an alles, was vorgefallen war, so deutlich erinnern, daß er endlich seine Grübeleien aufgab und ausrief: »Ich bin der Kohlenmunk-Peter, das steht fest. Ich bin kein anderer!«

Er wunderte sich über sich selbst, daß er gar nicht wehmütig war,

wo er doch zum erstenmal aus seiner stillen Heimat, aus den Wäldern, in denen er so lange gelebt hatte, wegfuhr. Nicht einmal, als er an seine Mutter dachte, die jetzt arm und hilflos war, konnte er eine Träne aus seinen Augen pressen oder seufzen. All dies war ihm so gleichgültig. »Ach, natürlich«, sagte er sich, »Tränen und Seufzer, Heimweh und Wehmut kommen ja aus dem Herzen, und dank dem Holländer-Michel – ist das meine kalt und aus Stein.«

Er legte seine Hand auf die Brust, und da war alles ruhig, und nichts rührte sich. »Wenn er mit den Hunderttausend ebenso Wort hält wie mit dem Herzen, dann soll es mich freuen.«

Er begann seinen Wagen zu untersuchen. Er fand eine Menge Kleidungsstücke, wie er sie sich schöner nicht wünschen konnte, aber kein Geld. Schließlich stieß er auf eine Tasche und fand viele tausend Taler in Gold und Scheinen, die auf Handlungshäuser in allen großen Städten ausgestellt waren. »Jetzt habe ich es so, wie ich es wollte«, dachte er. Er setzte sich bequem in die Ecke des Wagens und fuhr in die weite Welt.

Er fuhr zwei Jahre in der Welt umher und schaute aus seinem Wagen links und rechts die Häuser hinauf, schaute, wenn er anhielt, sich das Schild des Wirtshauses an. Dann lief er in der Stadt umher und ließ sich die schönsten Sehenswürdigkeiten zeigen. Aber nichts freute ihn, kein Bild, kein Haus, keine Musik, kein Tanz. Sein Herz aus

Stein konnte an nichts Anteil nehmen. Seine Augen und Ohren waren für alles Schöne zu stumpf. Nichts war ihm geblieben, außer essen, trinken und schlafen. So lebte er. Er reiste ohne Zweck durch die Welt, speiste zu seiner Unterhaltung und schlief aus Langeweile. Hie und da erinnerte er sich, daß er fröhlicher und glücklicher gewesen war, als er noch arm war und arbeiten mußte, um sein Leben zu fristen. Damals hatte ihm jede schöne Aussicht ins Tal, Musik und Gesang Freude bereitet, da hatte er sich stundenlang nach der einfachen Kost, die ihm die Mutter zu dem Meiler bringen werde, gesehnt. Wenn er so über die Vergangenheit nachdachte, kam es ihm ganz sonderbar vor, daß er jetzt nicht einmal lachen konnte. Früher hatte er über den kleinsten Scherz gelacht. Wenn andere lachten, verzog er aus Höflichkeit den Mund, aber sein Herz lächelte nicht mit. Es war nicht Heimweh oder Sehnsucht, sondern Öde und Überdruß, sein freudloses Leben, das ihn schließlich wieder in die Heimat trieb.

Als er von Straßburg herüberfuhr und den dunklen Wald seiner Heimat erblickte, als er zum erstenmal wieder jene kräftigen Gestalten, jene freundlichen, treuen Gesichter der Schwarzwälder sah, als sein Ohr die heimatlichen Klänge, die stark und tief, aber wohltönend waren, vernahm, da griff er sich schnell an sein Herz. Sein Blut wallte schneller, und er glaubte, er könne sich freuen und er müsse zugleich weinen, aber – wie konnte er auch so töricht sein, sein Herz war ja aus Stein. Und Steine sind tot und lachen und weinen nicht.

Sein erster Weg führte ihn zum Holländer-Michel, der ihn freundlich empfing. »Michel«, sagte er zu ihm. »Ich bin nun gereist und habe alles gesehen, aber alles ist dummes Zeug, und ich habe mich nur gelangweilt. Überhaupt, Euer steinernes Ding, das ich in der Brust trage, schützt mich zwar vor manchem – ich werde nie zornig, ich werde nie traurig –, aber ich freue mich auch nie, und mir kommt es vor, als ob ich nur halb lebte. Könnt Ihr das Steinherz nicht etwas beweglicher machen? Oder – gebt mir lieber mein altes Herz zurück! Ich hatte mich fünfundzwanzig Jahre lang daran gewöhnt, und wenn es auch zweilen einen dummen Streich machte, so war es doch ein munteres und fröhliches Herz.«

Der Waldgeist lachte höhnisch. »Wenn du einmal tot bist, Peter Munk«, antwortete er, »dann kriegst du es wieder. Dann sollst du wieder ein weiches, rührbares Herz besitzen. Dann kannst du fühlen, was kommen wird, Freud oder Leid. Aber hier oben wird es nie wieder dein! Ja, Peter. Du bist gereist, aber so, wie du gelebt hast, konnte es dir nicht viel nützen. Laß dich hier irgendwo im Wald nieder, bau dir ein Haus, heirate, arbeite mit deinem Geld, dir hat es bisher nur an Arbeit gefehlt. Weil du nichts getan hast, fühltest du Langeweile, und jetzt schiebst du alles auf das unschuldige Herz.«

Peter sah ein, daß Michel recht hatte, vor allem, was den Müßiggang betraf. Er nahm sich vor, reich und immer reicher zu werden. Michel schenkte ihm noch einmal hunderttausend Gulden und entließ ihn als seinen Freund.

Bald hörte man im Schwarzwald die Kunde, der Kohlenmunk-Peter oder Spielpeter sei wieder da und er sei noch viel reicher als zuvor. Es ging auch jetzt, wie es immer zu gehen pflegt: Als er arm war, wurde er in der »Sonne« zur Tür hinausgeworfen, und als er jetzt an einem Sonntag nachmittag wieder seinen Einzug hielt, schüttelten ihm alle die Hand, lobten sein Pferd, fragten nach seiner Reise, und als er wieder mit dem dicken Ezechiel um harte Taler spielte, stand er in ihrer Achtung wieder so hoch wie früher. Er trieb aber jetzt nicht mehr das Glashandwerk, sondern Holzhandel. Aber das war nur Schein. Seine Hauptbeschäftigung war, mit Korn und Geld zu handeln. Bald war die Hälfte der Schwarzwaldbewohner in seiner Schuld. Er lieh Geld nur für zehn Prozent aus, oder er verkaufte Korn an die Armen, die nicht gleich zahlen konnten, für den dreifachen Preis. Mit dem Amtmann war er jetzt eng befreundet, und wenn einer Herrn Peter Munk nicht auf den Tag genau bezahlte, so ritt der Amtmann mit seinen Schergen hinaus, schätzte Haus und Hof und vertrieb die Familien.

Anfangs war das dem reichen Peter nicht sehr angenehm, denn die armen Gepfändeten belagerten seine Tür, die Männer baten um

Nachsicht, die Frauen versuchten das steinerne Herz zu erweichen, und die Kinder winselten um ein Stück Brot. Als er sich aber ein paar tüchtige Fleischerhunde angeschafft hatte, hörte diese Katzenmusik, wie er es nannte, bald auf. Er pfiff und hetzte sie auf die Leute, und die Bettler stoben schreiend auseinander.

Die meisten Beschwerden machte ihm das »alte Weib«. Das war niemand anders als Frau Munkin, Peters Mutter. Sie war in Not und Elend geraten, als man ihr Haus und Hof verkauft hatte. Als ihr Sohn aber reich zurückgekehrt war, hatte er sich nicht mehr um sie gekümmert. Da kam sie nun zuweilen, alt, schwach und gebrechlich, an einem Stock vor das Haus. Sie wagte sich nicht mehr hinein, denn er hatte sie einmal schon hinausgejagt. Aber es tat ihr weh, von den Wohltaten anderer Leute leben zu müssen, während ihr eigener Sohn ihr ein sorgloses Alter hätte bereiten können. Aber das kalte Herz wurde vom Anblick der bleichen, wohlbekannten Züge, von den bittenden Blicken, von der welken, ausgestreckten Hand, von der gebeugten Gestalt nicht gerührt. Mürrisch zog er, wenn sie sonnabends an die Tür klopfte, ein Silberstück heraus, schlug es in Papier ein und ließ es ihr durch einen Knecht geben. Er hörte ihre zitternde Stimme, wenn sie dankte, er hörte sie hüstelnd von der Türe wegschleichen, aber er dachte nur daran, daß er nun wieder ein Silberstück umsonst ausgegeben hatte.

Schließlich kam Peter auf den Gedanken zu heiraten. Er wußte, daß jeder Vater im ganzen Schwarzwald ihm gerne seine Tochter geben würde. Aber die Wahl fiel ihm schwer. Er wollte, daß man auch dabei sein Glück und seinen Verstand loben sollte. Er ritt daher im ganzen Wald umher, schaute hier, schaute dort, und keine der schönen Schwarzwälderinnen erschien ihm schön genug. Schließlich, nachdem er sich schon auf allen Tanzböden umsonst nach der Schönsten umgesehen hatte, hörte er eines Tages, die Hübscheste und Tugendsamste im ganzen Wald sei die Tochter eines armen Holzfällers. Sie lebe still und zurückgezogen und besorge ihrem Vater geschickt und fleißig den Haushalt. Sie ließe sich nie auf dem Tanzboden sehen, nicht einmal zu Pfingsten oder bei Kirmes.

Als Peter von diesem Wunder des Schwarzwaldes hörte, beschloß er, um sie zu werben. Er ritt zu der Hütte, die man ihm beschrieben hatte. Der Vater der schönen Lisbeth empfing erstaunt den vornehmen Herrn und staunte noch mehr, als er hörte, dies sei der reiche Herr Peter und er wolle sein Schwiegersohn werden. Er überlegte nicht lange, denn er meinte, all seine Sorge und seine Armut werde nun ein Ende haben. Er sagte zu, ohne die schöne Lisbeth zu fragen. Und das gute Mädchen war so folgsam, daß sie ohne Widerrede Frau Munkin wurde.
Aber es ging der Armen nicht so gut, wie sie es sich erträumt hatte. Sie glaubte, von Haushaltsführung etwas zu verstehen, aber sie konnte dem Herrn Peter nichts recht machen. Sie hatte mit den armen Leuten Mitleid, und da ihr Ehemann reich war, dachte sie, es sei keine Sünde, einer armen Bettlerin einen Pfennig oder einem alten Mann einen Schnaps zu geben. Aber als Herr Peter das eines Tages merkte, sagte er mit zürnendem Blick und einer rauhen Stimme: »Warum verschleuderst du mein Vermögen an Lumpen

und Landstreicher? Hast du etwas ins Haus gebracht, das du verschenken könntest? Mit dem Bettelstab deines Vaters kann man keine Suppe wärmen, und du wirfst das Geld hinaus wie eine Fürstin? Wenn ich das noch einmal sehe, sollst du meine Hand zu spüren bekommen!«

Die schöne Lisbeth weinte in ihrer Kammer über die Härte ihres Mannes, und sie wünschte oft, lieber zu Hause in der ärmlichen Hütte ihres Vaters zu leben als hier bei dem reichen, hartherzigen Peter. Wenn sie gewußt hätte, daß er ein Herz aus Marmor hatte und daß er weder sie noch irgendeinen anderen Menschen lieben konnte, so hätte sie sich nicht so gewundert. Sooft sie aber jetzt vor dem Haus saß und ein Bettler vorüber ging, der den Hut zog und mit seinem Spruch begann, drückte sie die Augen fest zu, um das Elend nicht sehen zu müssen, und sie ballte ihre Hand, damit sie nicht unwillkürlich in die Tasche griff, um einen Kreuzer herauszuholen. So kam es, daß die schöne Lisbeth im ganzen Wald bald als geiziger verschrien war als Peter Munk.

Aber eines Tages saß Frau Lisbeth wieder vor dem Haus und spann und summte ein Liedchen. Sie war fröhlich, weil das Wetter so schön und Herr Peter ausgeritten war. Da kam ein altes Männlein des Weges, das einen großen, schweren Sack trug. Sie hörte es schon von weitem keuchen. Frau Lisbeth sah ihm voll Teilnahme zu und dachte sich, einem so alten kleinen Mann sollte man keine so schwere Last aufbürden.

Inzwischen war der Mann herangewankt, und als er vor Frau Lisbeth angekommen war, brach er unter seinem Sack fast zusammen. »Ach seid so barmherzig, Frau, und gebt mir einen Schluck Wasser! Ich kann nicht mehr weiter und muß elend verschmachten.«

»Ihr solltet in Eurem Alter nicht mehr so schwer tragen«, antwortete Frau Lisbeth.

»Ja, wenn ich nicht Botendienste machen müßte, weil ich so arm bin. Ach, eine so reiche Frau wie Ihr weiß nicht, wie hart Armut ist und wie wohl ein frischer Trunk bei solch einer Hitze tut.«

Frau Lisbeth eilte ins Haus, nahm einen Krug vom Gesims und

füllte ihn mit Wasser. Doch als sie zurückkehrte und nur noch wenige Schritte entfernt das Männlein sah, wie es so arm und bekümmert auf seinem Sack saß, da fühlte sie inniges Mitleid. Sie dachte, daß ihr Mann ja nicht zu Hause sei, und so stellte sie den Wasserkrug zur Seite, nahm einen Becher und füllte ihn mit Wein, legte ein Stück Roggenbrot darauf und brachte es dem Alten. »So, ein Schluck Wein stärkt Euch sicher mehr als Wasser, da Ihr doch schon so alt seid. Aber trinkt nicht zu hastig, und eßt ein Stück Brot dazu.«

Das Männlein sah sie staunend an, und große Tränen standen in seinen alten Augen. Es trank und sprach dann: »Ich bin alt geworden, und ich habe wenige Menschen gesehen, die so mitleidig waren und die ihre Gaben mit so viel Herzlichkeit geben wie Ihr, Frau Elisabeth. Aber es wird Euch dafür recht wohl ergehen auf Erden, denn solch ein Herz bleibt nicht unbelohnt.«

»Nein, und den Lohn soll sie auf der Stelle haben«, schrie da eine schreckliche Stimme, und als sie sich umsahen, erblickten sie Herrn Peter mit blutrotem Gesicht.

»Und sogar meinen besten Wein verschwendest du an dieses Bettlervolk, und meinen Becher setzt du an die Lippen von Landstreichern? Da, nimm deinen Lohn!«

Frau Lisbeth stürzte zu seinen Füßen und bat um Verzeihung, aber das steinerne Herz kannte kein Mitleid. Peter drehte die Peitsche um, die er in der Hand hielt, und schlug seine Frau mit dem Griff so heftig auf die Stirn, daß sie dem alten Mann leblos in die Arme sank. Als Peter dies sah, war es doch, als bereute er seine Tat auf der Stelle. Er bückte sich, um zu sehen, ob sie noch lebte, und da sprach das Männlein mit einer Peter sehr wohlbekannten Stimme: »Gib dir keine Mühe, Kohlenpeter. Es war die schönste und lieblichste Blume im Schwarzwald, aber du hast sie zertreten. Sie wird nie wieder blühen.«

Da wich alles Blut aus Peters Wangen, und er sagte: »Also Ihr seid es, Herr Schatzhauser? Nun, was geschehen ist, ist geschehen, und es hat wohl so kommen müssen. Ich hoffe aber, Ihr werdet mich nicht als Mörder bei Gericht anzeigen.«

»Elender!« erwiderte das Glasmännlein. »Was würde es mir nützen, wenn man deine sterbliche Hülle an den Galgen knüpfte? Du hast nicht die irdischen Gerichte zu fürchten, sondern andere, strengere, denn du hast deine Seele an den Bösen verkauft.«

»Und wenn ich mein Herz verkauft habe«, schrie Peter, »dann bist nur du daran schuld. Du und deine verführerischen Schätze. Du, tückischer Geist, hast mich in das Verderben geführt, mich dazu getrieben, daß ich bei einem anderen Hilfe suchte. Bei dir liegt die ganze Verantwortung.«

Kaum hatte er dies gesagt, so wuchs das Glasmännlein und wurde hoch und breit, und seine Augen sollen so groß gewesen sein wie Suppenteller, und sein Mund war wie ein geheizter Backofen, und Flammen schlugen daraus hervor. Peter warf sich auf die Knie, und sein steinernes Herz schützte ihn nicht davor, daß er am ganzen Leib zitterte. Mit Geierkrallen packte ihn der Waldgeist im Nacken, schüttelte ihn wie ein Wirbelwind dürres Laub und warf ihn dann zu Boden, daß ihm alle Rippen knackten. »Erdenwurm«, rief er mit einer Stimme, die wie der Donner rollte. »Ich könnte dich zerschmettern, wenn ich wollte, denn du hast gegen den Herrn des Waldes gefrevelt. Aber um dieser toten Frau willen, die mir Speise und Trank gegeben hat, gebe ich dir acht Tage Frist. Bekehrst du dich nicht zum Guten, komme ich wieder und zermalme dich, und du bist in all deiner Sündhaftigkeit verloren.«

Es war schon Abend, als einige Männer, die vorbeigingen, den reichen Peter Munk auf der Erde liegend fanden. Sie drehten ihn um, um zu sehen, ob er noch atmete. Lange Zeit schien es ihnen, daß er tot sei. Schließlich ging einer in das Haus und holte Wasser. Er benetzte Peters Stirn. Da holte dieser tief Luft, stöhnte und schlug die Augen auf. Er schaute lange um sich und fragte dann nach Frau Lisbeth. Aber niemand hatte sie gesehen. Er dankte den Männern für ihre Hilfe, schlich sich ins Haus und suchte überall. Aber Frau Lisbeth war weder im Keller noch auf dem Boden, und nun wußte er, daß das, was er für einen schrecklichen Traum gehalten hatte, bittere Wahrheit war. Als er nun ganz allein war, kamen ihm sonder-

bare Gedanken. Er fürchtete sich nicht, denn sein Herz war ja kalt. Aber wenn er an den Tod seiner Frau dachte – mußte er an sein eigenes Sterben denken. Wie belastet würde das Ende seines Lebens sein, belastet mit den Tränen der Armen, mit ihren tausend Flüchen, die sein Herz nicht hatten erweichen können, mit dem Jammer der Elenden, auf die er seine Hunde gehetzt hatte, belastet mit der stillen Verzweiflung seiner Mutter, mit dem Blut der schönen, guten Lisbeth. Und wie sollte er dem alten Mann, ihrem Vater, Rechenschaft geben, wenn er käme und fragte: »Wo ist meine Tochter, deine Frau?« Wie sollte er einem anderen Antwort stehen, dem alle Wälder, alle Seen, alle Berge gehörten und auch das Leben der Menschen?

Das quälte ihn auch nachts im Traum, und immer wieder wurde er von einer sanften Stimme geweckt, die ihn mahnte: »Peter, schaff dir ein wärmeres Herz an!« Und wenn er ganz wach geworden war, schloß er doch schnell wieder die Augen, denn der Stimme nach mußte es Frau Lisbeth sein, die ihm diese Warnung zurief.

Am nächsten Tag ging er in das Wirtshaus, um sich zu zerstreuen. Dort traf er den dicken Ezechiel. Er setzte sich zu ihm, und sie sprachen dies und jenes, vom schönen Wetter, vom Krieg, von den Steuern und schließlich vom Tod und wie da und dort einer so plötzlich gestorben sei. Da fragte Peter den Dicken, was er denn vom Tode halte und wie es nachher sein werde. Ezechiel antwortete, daß man den Leib begrabe, die Seele aber fahre entweder auf zum Himmel oder hinab in die Hölle.

»Also begräbt man das Herz auch?« fragte Peter gespannt.

»Freilich, das wird mitbegraben.«

»Wenn man aber sein Herz nicht mehr hat?« fuhr Peter fort.

Ezechiel sah ihn bei diesen Worten böse an. »Was willst du damit sagen? Willst du mich foppen? Meinst du, ich habe kein Herz?«

»O doch! Du hast ein Herz so fest wie Stein.«

Ezechiel sah ihn nun verwundert an. Er blickte sich um, ob niemand das gehört habe, und sagte dann leise: »Woher weißt du das? Oder pocht vielleicht auch das deine nicht mehr?«

»Es pocht nicht mehr, wenigstens nicht hier in meiner Brust!« antwortete Peter Munk. »Da du jetzt weißt, was ich meine, sag mir doch, wie wird es mit *unseren* Herzen sein?«
»Was kümmert dich das?« fragte Ezechiel lachend. »Du kannst hier auf Erden gut leben, und damit ist es genug. Das ist ja das Bequeme mit unseren kalten Herzen, daß wir uns vor diesen Gedanken nicht fürchten.«
»Das stimmt. Aber man denkt doch daran. Und wenn ich auch jetzt keine Furcht mehr kenne, so kann ich mich doch noch gut erinnern, wie sehr ich mich als Kind vor der Hölle gefürchtet habe.«
»Nun – gut wird es uns nicht gerade ergehen«, sagte Ezechiel. »Ich habe einmal einen Schulmeister darüber befragt. Der sagte mir, daß nach dem Tod die Herzen gewogen werden, wie schwer sie gesündigt haben. Die leichten steigen auf, die schweren sinken hinab. Unsere Steine werden wohl ein beträchtliches Gewicht haben.«
»Ja«, erwiderte Peter, »und es stört mich oft selbst, daß mein Herz so teilnahmslos und gleichgültig ist, wenn ich an solche Dinge denke.«
In der nächsten Nacht hörte er fünf- oder sechsmal die bekannte Stimme in sein Ohr flüstern: »Peter, schaff dir ein wärmeres Herz an!« Er empfand keine Reue, daß er sie getötet hatte, aber jedesmal wenn er dem Gesinde sagte, seine Frau sei verreist, dachte er: »Wohin mag sie wohl gereist sein?«
Sechs Tage gingen so dahin, und immer hörte er nachts die Stimme. Und er dachte an den Waldgeist und seine schreckliche Drohung. Am siebenten Morgen sprang er von seinem Lager auf und rief: »Nun ja, ich will sehen, ob ich mir ein wärmeres Herz anschaffen kann. Dieser gleichgültige Stein in meiner Brust macht mein Leben langweilig und öde.«
Er zog schnell seinen Sonntagsstaat an, setzte sich auf sein Pferd und ritt dem Tannenbühl zu.
Im Tannenbühl, wo die Bäume dichter standen, saß er ab. Er band sein Pferd an und ging schnell zum Gipfel des Hügels. Als er vor der dicken Tanne stand, begann er mit seinem Spruch:

»Schatzhauser im grünen Tannenwald,
bist schon viel hundert Jahre alt;
dir gehört all Land, wo Tannen stehn,
läßt dich nur Sonntagskindern sehn.«

Da kam das Glasmännlein wieder hervor, aber es war nicht freundlich und vertrauenerweckend wie sonst, sondern es wirkte düster und traurig. Es trug einen Rock aus schwarzem Glas, und ein langer Trauerflor flatterte von seinem Hut herab. Peter wußte wohl, um wen es trauerte.

»Was willst du von mir, Peter Munk?« fragte es mit dumpfer Stimme.

»Ich hab' noch einen Wunsch, Herr Schatzhauser«, antwortete Peter mit niedergeschlagenen Augen.

»Können Herzen aus Stein noch wünschen? Du hast alles, was du für deine Schlechtigkeit brauchst, und ich werde kaum deinen Wunsch erfüllen.«

»Aber Ihr habt mir doch drei Wünsche zugesagt, und einen habe ich immer noch übrig.

»Doch ich kann ihn dir versagen, wenn er töricht ist«, fuhr der Waldgeist fort. »Aber gut. Ich will hören, was du willst.«

»Nehmt mir den toten Stein heraus und gebt mir mein lebendiges Herz wieder!«

»Habe ich diesen Handel mit dir gemacht?« fragte das Glasmännlein. »Bin ich der Holländer-Michel, der Reichtum und kalte Herzen verschenkt? Bei ihm mußt du dein Herz suchen.«

»Er wird es mir nie zurückgeben!« seufzte Peter.

»Du tust mir leid, so schlecht du auch bist«, sprach das Männlein nach einigem Nachdenken. »Weil dein Wunsch nicht töricht ist, will ich dir meine Hilfe nicht versagen. Höre, du bekommst dein Herz nicht mit Gewalt wieder, aber vielleicht gelingt es dir mit List. Und es wird dir vielleicht nicht einmal schwerfallen. Der Michel bleibt doch nur der dumme Michel, obwohl er sich für ungemein klug hält. So geh also zu ihm hin und tu, was ich dir sage!«

Und nun gab er Peter genaue Anweisungen und überreichte ihm schließlich ein Kreuzlein aus reinem Glas. »Er kann dir nichts antun, und er wird dich freilassen, wenn du ihm das vorhältst und dazu betest. Und wenn du das, was du verlangt hast, erhalten hast, komme wieder zu mir an diesen Ort!«
Peter Munk nahm das Kreuzlein und prägte sich alle Worte ein. Dann ging er zum Haus des Holländer-Michels. Er rief dreimal seinen Namen, und bald stand der Riese vor ihm.
»Du hast deine Frau erschlagen?« fragte er ihn mit einem schrecklichen Lachen. »Ich hätte es genauso gemacht. Sie hat dein Vermögen an Bettler verschwendet. Aber du wirst auf einige Zeit außer Landes gehen müssen, denn es wird einige Unruhe geben, wenn man sie nicht findet. Du brauchst sicher Geld und kommst, um es zu holen?«
»Du hast es erraten«, erwiderte Peter. »Und diesmal brauche ich viel, denn Amerika ist weit.«
Michel ging voran und führte ihn in seine Hütte. Dort schloß er die Truhe auf, in der das Geld lag. Er holte eine ganze Rolle Gold heraus. Während er es auf den Tisch hinzählte, sagte Peter: »Du

hast mich belogen, Michel, als du sagtest, ich hätte einen Stein in meiner Brust und du hättest mein Herz!«
»Ist es denn nicht so?« fragte Michel erstaunt. »Fühlst du denn dein Herz? Ist es nicht kalt wie Eis? Hast du Furcht oder Kummer, kannst du etwas bereuen?«
»Du hast mein Herz nur stillstehen lassen, aber ich hab' es wie früher in meiner Brust – und Ezechiel auch. Der hat mir gesagt, daß du uns angelogen hast. Du bist nicht der Mann, der einem unbemerkt und ohne Gefahr das Herz aus der Brust reißen könnte. Da müßtest du zaubern können.«
»Aber ich versichere dir«, rief Michel voll Unmut, »du und Ezechiel und alle reichen Leute, die sich an mich gewandt haben, besitzen kalte Herzen. Ihre richtigen Herzen habe ich hier in meiner Kammer.«
»Ei, wie dir diese Lüge glatt von der Zunge geht!« lachte Peter. »Das erzähle einem anderen! Meinst du, ich habe auf meinen Reisen nicht zu Dutzenden Kunststücke dieser Art gesehen? Deine Herzen in der Kammer sind doch nur aus Wachs nachgeahmt. Du bist ein reicher Kerl, das gebe ich zu, aber zaubern kannst du nicht.«
Da wurde der Riese zornig und riß die Kammertür auf. »Komm herein und lies alle diese Zettel, und das dort, schau nur, das ist Peter Munks Herz. Siehst du, wie es zuckt? Kann man das auch aus Wachs machen?«
»Und doch ist es aus Wachs«, antwortete Peter. »So schlägt kein richtiges Herz. Ich habe das meine noch in der Brust. Nein, zaubern kannst du nicht!«
»Ich will es dir beweisen!« rief jener ärgerlich. »Du sollst es selbst fühlen, daß das dein Herz ist.«
Er nahm es, riß Peters Wams auf und nahm einen Stein aus seiner Brust. Er zeigte ihn Peter. Dann nahm er das Herz, hauchte es an und setzte es behutsam an seine Stelle. Und bald fühlte Peter, wie es pochte, und er konnte sich wieder darüber freuen.
»Wie fühlst du dich jetzt?« fragte Michel lächelnd.

»Wahrhaftig, du hast doch recht gehabt«, antwortete Peter und zog vorsichtig sein Kreuzlein aus der Tasche. »Ich hätte nicht geglaubt, daß man so etwas tun könne!«

»Nicht wahr? Und zaubern kann ich, das hast du jetzt gesehen. Nun komm aber, ich will dir jetzt wieder den Stein hineinsetzen.«

»Halt, Herr Michel!« rief Peter und trat einen Schritt zurück. Er hielt ihm das Kreuzlein entgegen. »Mit Speck fängt man Mäuse, und diesmal bist du der Betrogene.« Und er fing an zu beten, was ihm gerade einfiel.

Da wurde Michel immer kleiner und kleiner. Er fiel auf den Boden und wand sich wie ein Wurm hin und her. Er ächzte und stöhnte, und alle Herzen fingen an zu zucken und pochen, daß es klang wie in der Werkstatt eines Uhrmachers. Peter wurde es ganz unheimlich zumute, und er begann sich zu fürchten. Er rannte zur Kammer und zum Haus hinaus und kletterte, von Angst getrieben, die Felswand hinauf. Er hörte, wie Michel sich aufraffte und stampfte und tobte und ihm die schrecklichsten Flüche nachschickte. Als er oben war, lief er dem Tannenbühl zu. Ein schreckliches Gewitter zog auf. Blitze fuhren rechts und links von ihm in die Bäume und zer-

schmetterten sie. Aber Peter kam wohlbehalten in dem Revier des Glasmännleins an.

Sein Herz pochte freudig, und nur darum, *weil es pochte*. Dann aber sah er mit Entsetzen auf sein Leben zurück wie auf das Gewitter, das hinter ihm rechts und links den schönen Wald zersplittert hatte. Er dachte an Frau Lisbeth, sein schönes, gutes Weib, das er durch seinen Geiz ermordet hatte. Er kam sich selbst wie der Auswurf der Menschen vor, und er weinte heftig, als er zu dem Hügel des Glasmännleins kam.

Schatzhauser saß schon unter dem Tannenbaum und rauchte aus seiner kleinen Pfeife. Er sah froher aus als vorher. »Warum weinst du, Kohlenpeter?« fragte er, »Hast du dein Herz nicht erhalten? Liegt noch das kalte in deiner Brust?«

»Ach, Herr!« seufzte Peter. »Als ich noch das kalte Steinherz trug, da weinte ich nie. Meine Augen waren so trocken wie das Land im Juli. Aber jetzt will mir fast mein altes Herz brechen, wenn ich daran denke, was ich getan habe. Meine Schuldner habe ich ins Elend gestürzt, auf Arme und Kranke habe ich meine Hunde gehetzt, und Ihr wißt ja – wie meine Peitsche auf Lisbeths schöne Stirn fiel!«

»Peter! Du warst ein großer Sünder!« sprach das Männlein. »Das Geld und der Müßiggang haben dich verdorben, bis dein Herz zu Stein wurde. Es kannte weder Freude noch Leid, weder Reue noch Mitleid. Aber Reue versöhnt. Wenn ich wüßte, daß dir dein bisheriges Leben wirklich leid tut, dann könnte ich noch etwas für dich tun.«

»Ich will nichts mehr«, antwortete Peter und ließ traurig seinen Kopf sinken. »Mit mir ist es aus. Ich kann mich nie in meinem Leben wieder freuen. Was soll ich so allein auf der Welt? Meine Mutter verzeiht mir nie, was ich ihr angetan habe. Vielleicht habe ich, Ungeheuer, sie sogar getötet! Und Lisbeth, meine Frau! Schlagt mich lieber auch tot, Herr Schatzhauser! Dann hat wenigstens auch mein elendes Leben ein Ende.«

»Gut«, erwiderte das Männlein. »Wenn du es willst, kannst du es haben. Ich habe meine Axt hier.«

Er nahm ganz ruhig seine Pfeife aus dem Mund, klopfte sie aus und steckte sie ein. Dann stand er langsam auf und ging hinter die Tannen. Peter setzte sich weinend ins Gras. Sein Leben bedeutete ihm nichts mehr, und er erwartete geduldig den Todesstreich. Nach einer Weile hörte er leise Tritte hinter sich, und er dachte: »Jetzt kommt er.«

»Schau dich noch einmal um, Peter Munk!« rief das Männlein.

Peter wischte sich die Tränen aus den Augen und schaute sich um, und er sah – seine Mutter und Lisbeth, seine Frau, die ihn freundlich anblickten. Da sprang er freudig auf: »So bist du nicht tot, Lisbeth? Und auch Ihr seid da, Mutter, und habt mir vergeben?«

»Sie wollen dir verzeihen«, sprach das Glasmännlein, »weil du wahre Reue fühlst. Alles soll vergessen sein! Geh jetzt heim in die Hütte deines Vaters und sei ein Köhler wie zuvor. Wenn du brav und bieder bist, so wirst du dein Handwerk ehren, und deine Nachbarn werden dich mehr lieben und achten, als wenn du zehn Tonnen Gold besäßest.« Und das Glasmännchen verabschiedete sich von ihnen. Die drei waren voll des Dankes und gingen heim.

Das prachtvolle Haus des reichen Peter stand nicht mehr. Ein Blitz hatte es getroffen, und es war mit allen Schätzen niedergebrannt. Aber es war nicht weit zu der Hütte seines Vaters. Dorthin gingen sie nun. Der große Verlust bekümmerte sie nicht.

Aber wie staunten sie, als sie an die Hütte kamen! Sie war zu einem schönen Bauernhaus geworden, und die Einrichtung war zwar einfach, aber gediegen.

»Das hat das Glasmännlein getan!« rief Peter.

»Wie schön!« sagte Frau Lisbeth. »Und hier fühle ich mich viel heimischer als in dem großen Haus mit dem vielen Gesinde!«

Von jetzt ab wurde Peter Munk ein fleißiger und ehrlicher Mann. Er war zufrieden mit dem, was er hatte. Er war tüchtig in seinem Handwerk, und so kam es, daß er aus eigener Kraft wohlhabend wurde. Er war im ganzen Wald beliebt und angesehen. Er zankte nie mehr mit Frau Lisbeth und ehrte seine Mutter. Er gab jedem Armen, der an seine Tür pochte.

Und als nach Jahr und Tag Frau Lisbeth einen schönen Knaben gebar, ging Peter zum Tannenbühl und sagte sein Sprüchlein. Aber das Glasmännlein zeigte sich nicht. »Herr Schatzhauser!« rief Peter laut. »Hört mich doch an! Ich will nichts anderes als Euch bitten, bei meinem Sohn Pate zu sein!«

Aber es erfolgte keine Antwort. Nur ein Windstoß bewegte die Tannen, und einige Tannenzapfen fielen ins Gras. »So will ich dies zum Andenken mitnehmen, weil Ihr Euch nicht zeigen wollt«, rief Peter und steckte die Zapfen in seine Tasche. Dann ging er nach Hause. Als er sein Sonntagswams auszog und seine Mutter die Taschen umwandte und das Wams in den Kasten legen wollte, da fielen vier stattliche Goldrollen heraus. Als sie sie öffneten, fanden sie lauter gute, neue badische Taler, und kein einziger falscher war darunter. Das war das Patengeschenk des Männleins im Tannenwald für den kleinen Peter.

So lebten sie still und zufrieden weiter, und oft, als Peter Munk schon graue Haare hatte, sagte er nachdenklich: »Es ist doch besser, sich mit wenigem zu begnügen, als Gold und Vermögen zu haben und ein kaltes Herz.«

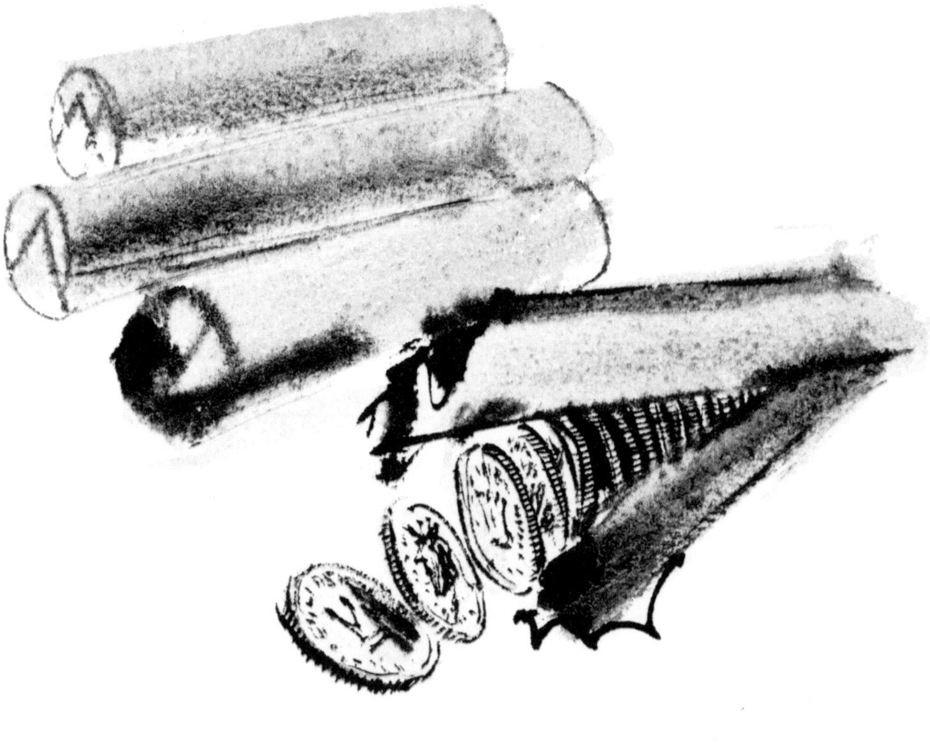